U0153179

現代文學
閱讀與寫作|散文篇

王文仁 / 高詩佳 編撰

第一本創新、翻轉式的現代文學教材。

那些未完成與等待的完成：
文學教育與讀寫生命

　　在整體的通識教育課程中，文學類的課程經常被視為是中學教育的延續，學生長期接受填鴨式的教育模式後，對這類的課程本有一種自然的排拒感，並容易將之視為無用的學習。然而，通識教育的精神既在傳達一種「全人」（holistic person）的思考與理念，那麼文學的課堂理應擺脫以基礎知識灌注為主的「語文教育」，轉而以「文學教育」的深度和廣度，強化學子生命的思考與人文素養的培育。

　　在多年的教學歷程中，筆者們經常透過文字、影像文本的閱讀與生活實例，與學生進行生命經驗的分享交換，使其能夠在互動的對話、演練中理解，在知識的填塞與技能的學習之餘，走入自我與他人的心靈進行探旅與反思，對於即將踏入社會的他們會有多麼的重要。而一個樂於面對自我、理解他人、具有良好溝通、反思能力，又能深刻體驗生命的人，才會理解「活著」是多麼美好的事。在這樣的互惠、思索過程中，學生多能有所回饋地專注於課堂上的討論，進而釐析自己生命發展的理路。

《現代文學閱讀與寫作：散文篇》讀本的誕生，是筆者們多年來在語文與文學課堂上，累積與實踐下的產物。其主題的設定既在回應近年來教育部積極推動的生命教育與閱讀書寫改革工程，也在強調所有的學習最終都該回歸到自我生命的課題。因此，本書在脈絡性的安排上，主要是從自我形象的映照與反思作為出發點，觀看自我與他人的成長歷程，點出深切的生命與愛的體驗，以及人類與自然環境間的互動。最終乃希望透過多元、立體、深度的閱讀與思索，提供學子們可參照的生命藍圖。

　　在此一目標的設定下，這本讀本選錄了大量台灣的現代文學作品，除了對文本進行深切的分析、導讀外，每一課的後半都設置了閱讀、寫作的應用與練習單元。希望學習者能夠透過步驟化的操作及學習，深刻了解文學之美，學習如何透過文學記錄生活與生命。最後，透過這樣的安排，我們期盼通識與文學教育最終將回歸到自我身上，使我們能更清澈的理解自我、理解生命。當我們逐漸具備了溝通、獨立思考、道德思維能力後，自我價值的完成還需要美的感知能力，若無美的覺醒，則非圓整之人的覺醒。因此，啟發學生內在本然的審美思維，體現於美即生活的具體行為上，將讓「全人」的通識文學教育，有著人的質感與生命的厚度。

國立虎尾科技大學通識中心副教授　王文仁

作家　高詩佳

目　　錄

第一課

我的生日禮物

王文華

 寫作背景

　　王文華，1967年出生於台北市，國立台灣大學外文系畢業，史丹佛大學企管碩士。自史丹佛畢業後，曾在紐約與東京工作五年，回台後曾任博偉電影公司資深行銷經理、MTV電視台董事總經理，NEWS98廣播節目主持人和台大進修推廣部講師。1999年在《中國時報・人間副刊》連載都會愛情散文《蛋白質女孩》，隔年出版後，在兩岸三地掀起一陣王文華旋風。2007年與趨勢科技董事長張明正合辦「若水國際」，任董事長。2010年創辦「王文華的夢想學校」。著有散文《寶貝，只剩下我和你》、《蛋白質女孩1、2》、《史丹佛的銀色子彈》、《五十個女朋友》，小說《61×57》、《倒數第2個女朋友》、《我的心跳，給妳一半》，電影劇本《如何變成美國人》、《天使》等。

　　本文原載於2002年12月17日《中國時報・人間副刊》。作者以遭受病魔摧殘卻積極看待生命的父親作為描繪的對象，藉由倒敘的方

式捕捉父親罹患癌症、中風後的心境反映，以及離世時所帶來的衝擊與啓發。作者從父親與病魔搏鬥的歷程，學到三件重要的事：「視野」、「搞清楚人生的優先順序」、「承認自己的脆弱」。他思考自己年輕、健康、有野心、有名氣，但是否真的像父親一樣有堅定活著的勇氣？他理解人生最難的不是怎麼跟社會交代，而是怎麼面對自己。他提醒我們，不管多漂亮、多成功、多平凡、多失落，都不用過度自卑或膨脹自我。本文筆端真情流露，使我們在聆聽其父親的生命故事時，同時思索自我生命存在的意義。

原文閱讀

　　爸爸在2000年的12月17日過世，兩年後的今天，我依然收到他送我的禮物。

　　1998年10月，爸爸的左耳下突然腫了起來，起先覺得是牙周病，後來以爲是耳鼻喉的問題，最後才懷疑是淋巴瘤。在此之前，爸爸一向是家中最健康的，煙酒不沾、早睡早起、175公分、70公斤。

　　由於淋巴散佈全身的特性，淋巴瘤通常是不開刀、而用化學治療的。但爸爸爲了根治，堅持開刀。七小時後被推出來，上半身都是血。由於麻藥未退，他在渾沌中微微眨著眼睛，根本認不出我們。醫生把切下來的淋巴結放在塑膠袋裡，舉得高高地跟我解釋。曾經健康的爸爸的一塊肉被割掉了，曾經健康的爸爸的一部分被放在裝三明治的塑膠袋裡。

手術後進行化學治療，爸爸總是一個人，從忠孝東路坐車到台大醫院，一副去逛公園的輕鬆模樣。打完了針，還若無事然地走到重慶南路吃三商巧福的牛肉麵。我勸他牛肉吃多了不好，他笑說吃肉長肉，我被割掉的那塊得趕快補回來。化療的針打進去兩週後，白血球降到最低，所有的副作用，包括疲倦、嘔吐等全面進攻，他仍然每週去驗血，像打高爾夫球一樣勤奮。

　　但這些並沒有得到回報，腫瘤復發，化療失敗，放射線治療開始。父親仍神采奕奕，相信放射線是他的秘密武器。一次他做完治療後，跑到明曜百貨shopping。回家後我問他買了什麼，他高興地拿出來炫耀，好像剛剛買了一個Gucci皮包。「因為現在脖子要照放射線，所以我特別去買了一件夾克，這樣以後穿衣服就不會碰到傷口。」傍晚七點，我們坐在客廳，我能聽到鄰居在看娛樂新聞，爸爸自信地說：「算命的曾經告訴我，我在七十歲之後還有一關要過，但一定過得去。過去之後，八十九十，就一帆風順了。」他閉上眼、欣慰地微笑。

　　1999年4月，爸爸生病半年之後，他中風了。

　　我們在急診室待了一個禮拜，與五十張鄰床只用綠色布簾相隔，我可以清楚地聽到別人急救和急救失敗的聲音。「前七天是關鍵期！跟他講話，你們要一直跟他講話。」我跟他講話，他聽得見卻不能回答。我換著尿布、清著尿袋、盯著儀器、徹夜獨白。「你記不記得小學時有一年中秋節你帶我去寶慶路的遠東百貨公司，我們一直逛到九點他們

打烊才離開……」我開始和爸爸說話，才發現我從來沒有和他說過話。

爸爸回來了，我不知道他怎麼做到的，但他這小子，真的就回來了。帶著麻痺的半身，我們住進復健病房，腫瘤的治療不得不暫停。任何復健過的人和家人都知道，那是一個漫長、挫折、完全失去尊嚴的過程。你學著站，學著拿球，學著你三歲就會做的事，而就算如此，你還做不到。但他不在乎看起來可笑，穿著訂做的支架和皮鞋，每天在醫院長廊的窗前試著抬腳。

癌症或中風其中之一，就可以把有些人擊垮。但爸爸跟兩者纏鬥，卻始終意興風發。他甚至有興致去探索祕方，命令我到中壢中正路上一名中醫處求藥，「我聽說他的藥吃個三次中風就會好！」復健、化療、求祕方，甚至這樣他還嫌不夠忙，常常幫我向女復健老師要電話，「她是台大畢業的，我告訴她，你也是台大的，這樣你們一定很配。」

我還沒有機會跟復健師介紹自己，腫瘤又復發了。醫師不建議我們再做化療或電療，怕引起再次中風。「那你們就放棄囉？」我質問。醫師說：「不是這麼講，不是這麼講……」

我知道我的質問的無理，但我只是希望有人能解釋這一年的邏輯。從小到大，我相信：只要我做好事，就會有回報。只要我夠努力，就可以得到我想要的東西。結果呢？那麼好的一個人、那麼努力地工作了一生、那麼健康地生活、那麼認真地治療、我們到最好的醫院、請最好的醫

生、全家人給他最好的照顧，他自己這麼痛苦，結果是什麼？結果都是bullshit！

「還有最後一種方法，叫免疫療法。還在試驗階段，也是打針，健保不給付，一針一萬七。」

免疫療法失敗後，爸爸和我們都每況愈下。2000年5月，他再次中風，開始用呼吸器和咽喉管呼吸，也因此無法再講話。他瘦成165公分、50公斤。床越來越大，他越來越往下塌。我們開始用文字交談，他左手不穩、字跡潦草，我們看不懂他的字，久了之後，他也不寫了。中風患者長期臥床，四小時要拍背抽痰一次。夜裡他硬生生地被我們叫醒，側身拍背。他的光頭靠在我的大腿上，口水沾濕了我的褲子。拍完後大家回去睡覺，他通常再也睡不著。夜裡呼吸器運轉不順突然嗶嗶大叫，我們坐起來，黑暗中最響亮的是他孤單的眼睛。

一直到最後，當他臥床半年，身上插滿鼻胃管、咽喉管、心電圖、氧氣罩時，爸爸還是要活下去的。他躺在床上，斜看著病房緊閉的窗和窗上的冷氣機，眼睛會快速地一眨一眨，好像要變魔術，把那緊閉的窗打開。就算當走廊上醫生已經小聲地跟我們討論緊急時需不需要急救，而我們已經簽了不要的同意書時，他自己還是要活下去的。當我握著他的手，替他按摩時，他會不斷地點著我的手掌，像在打密碼似地說：「只要過了這一關，八十九十，就一帆風順了。」

爸爸過世後的這兩年，我學到三件事情。第一件叫

「perspective」，或是「視野」，意思是看事情的角度，就是把事情放在整個人生中來衡量，因而判斷出它的輕重緩急。好比說小學時，我們把老師的話當聖旨，相信的程度超過相信父母。大學後，誰還會在乎老師怎麼說？因為看事情的角度不一樣了，事情真正的重要性就清楚了。在忠孝東路四段，你覺得每一個紅燈都很煩、每一次街頭分手都是世界末日，但從飛機上看，你肝腸寸斷的事情小得像鳥屎，少了你一個人世界並沒有什麼損失。我的視野是爸爸給我的。我把自己過去、現在，和未來所有的挫折加起來，恐怕都比不上他在醫院的一天。如果他在腫瘤和中風的雙重煎熬下還要活下去，我碰到人生任何事情有什麼埋怨的權利？後來我常問自己：我年輕、健康、有野心、有名氣，但我真的像我爸爸那麼想活下去嗎？我把自己弄得很忙，表面上看起來很風光，但我真的在活著嗎？我比他幸運這麼多，但當有一天我的人生也開始兵敗如山倒時，過去的幸運是讓我軟弱，還是讓我想復活？

　　有了視野，我學到的第二件事是：搞清楚人生的優先順序。30歲之前，我的人生只有自己。上大學後我從不在家，看到家人的頻率低於學校門口的校警。我成功地說服了我的良知，告訴爸媽也告訴自己：我不在家時是在追求自己的理想，實踐理想的目的是讓爸媽以我為傲。於是我畢業、當兵、留學、工作，去美國7年，回來時媽媽多了白髮，爸爸已經要進手術房。當我真正要認識爸爸時，他已經分身乏術。子欲養而親不待，我離家為了追求創意的人

生，沒想到自己的人生卻掉進這個最俗不可耐的陷阱。

　　每個人，在每個人生階段，都可以忙一百件事情，而因為在忙那些事情而從自己真正的人生中缺席。他可以告訴朋友：「我爸爸過世前那幾年我沒有陪他，因為我在忙這個忙那個。」我相信每個人的講法都會合邏輯，大家聽完後不會有人罵你這個忘恩負義的東西。但人生最難的不是怎麼跟社會交代，而是怎麼面對自己。我永遠有時間去留學、住紐約、寫小說、「探索自己的心靈」，但認識父母，只剩下這幾年。爸爸走後，不用去醫院了，我有全部的時間來寫作，卻一個字都寫不出來。我的人生變成一碗剩飯，份量雖多我卻一點都沒有食慾。失去了可以分享成功的對象，再大的成功都只是隔靴搔癢。

　　我學到的第三件事是：承認自己的脆弱。爸爸什麼都沒做，只是一天晚上坐在陽台乘涼，然後摸到耳下的腫塊，碰！兩年內他老了二十歲。無時無刻，壞事發生在好人身上，你要如何從其中詮釋出正面的意義？每一次空難都有兩百名罹難者，你要怎麼跟他們的家人說「這雖然是一個悲劇，但我們從其中學到了……」？悲劇中所能勉強歸納出來的唯一意義，就是人是如此脆弱，所以我們都應該「小看」自己。不管你多漂亮多成功，不管你多平凡多失落，都不用因此而膨脹自我。在無法理解的災難面前，我們一戳就破。

　　爸爸在2000年的12月17日過世，這一天剛好是我的生日。他撐到那一天，為了給我祝福。爸爸雖然不在了，但兩

年來，以及以後的每一年，他都會給我三樣生日禮物。這三樣禮物的代價，是化療、電療、中風、急診、呼吸器、強心針、電腦斷層、核磁共振。他離開，我活過來，真正體會到：誕生，原來是一件這樣美麗的事。

品味鑑賞

〈我的生日禮物〉一文命名精要，敘述節奏掌握平順，整體結構安排細膩，所帶出的生命議題也值得我們反覆思考。開頭以「爸爸在2000年的12月17日過世，兩年後的今天，我依然收到他送我的禮物」來警醒讀者，這裡的生日禮物與我們一般的認知不同。接著，時序很快轉回到1998年10月，作者敘述父親左下耳腫脹，在檢查後被判定為淋巴瘤，開始了漫長的治療歷程。

作者父親面對疾病時的樂觀，顯現在接受開刀、化療與放射線治療後有諸多不適，卻仍然「像打高爾夫球一樣勤奮」的回診等事件。這些敘述，讓讀者看見作者父親面對病魔時的堅毅態度，很容易喚醒我們對自己與親人患病的共同經驗，繼而引發共鳴。至於第二段中述及的「175公分、70公斤」，與文後父親接受免疫療法失敗時的「165公分、50公斤」，則是有意安排的一個明顯對比。

文章的第二次轉折，則由另一個時間點的跳躍帶出。1999年4月，作者的父親在罹癌半年後又不幸中風，作者不禁激問：父親是那麼好的人，認真的生活、接受治療，為何到頭來還要承受那麼多痛苦與無助？在描寫守護病榻的歲月時，「黑暗中最響亮的是他孤單的眼睛」一句，用聲音的響亮來深刻地點出病人的孤單，與家屬

守候的無奈。最後用寓言式的手法，點出父親過世的當天，正好是作者的生日，一條生命（父親）離去了，所帶來的啓示，卻也讓另一條生命（作者）得以重生。

全文下半段以「爸爸過世後的這兩年，我學到三件事情」作為起始，點出父親用自己的生命帶來三個珍貴的禮物：一是「視野」，也就是在人生中，應衡量事物的輕重緩急，清楚地覺醒自己是否真正的活著；二是「搞清楚人生的優先順序」，失去了真正能夠分享一切的親人、愛人，再大的成功都只是隔靴搔癢；三是「承認自己的脆弱」，不要用世俗的一切過度膨脹自己，因為在意想不到的災難面前，人總是如此渺小。上述的三點其實都緊扣著生命的無常，也要我們學會珍惜當下，擁抱最珍貴的所有。

文章最後，又以「爸爸在2000年的12月17日過世，這一天剛好是我的生日」一句，與開頭相互呼應，並且強調，三項珍貴禮物的代價，「是化療、電療、中風、急診、呼吸器、強心針、電腦斷層、核磁共振」。這一連串肉體的苦痛，帶來了生命最深刻的啓發：父親「逝去」讓作者充分地理解「活著」的意義。

在這篇文章中，擅長書寫愛情的王文華回歸自我，以柔性之筆，在大量譬喻與重複語句的強化運用下，帶領我們重新思考「生」與「死」的生命課題。

 ## 延伸小知識：醫療書寫

在有關醫療經驗的書寫中，病患及家屬透過自身的醫療經歷，往往演示出生命的種種磨難，內容充滿眼淚和辛酸，令人動容。焦桐在〈台灣的醫療散文〉中提到：「對病患及其家屬來說，醫院卻是眼淚

最多的地方，它逼我們正視生命苦短，又充滿了病痛。對病患來講，醫院可能是一個失去尊嚴的地方，甚至摧毀人的精神意志，不得已住在裡面的總是卑微、正在遭受苦難折磨的生命。」

　　肉身病苦與心靈磨難，經常成為文學創作者的靈感來源，藉著書寫疾病，思考人生命題，表達個人對生命的感悟，以揭示各種生命實象。王浩威醫師說：「生病帶來了創作，或者說，包括生病在內的各種極端經驗，都可能拓展人們體驗世界的新方法。」作者面對疾病與死亡的衝擊，有了深刻的描繪，透過他的省思，了解他在「死亡」中學到了什麼，就是醫療和疾病書寫最可貴的意義。

創意閱讀

　　事物總是要經過比較，才能徹底了解內涵，而對比就是將幾種觀念或事物，互相比較、對照，使特徵更加明顯。就好比我們上大賣場購物，總是要「貨比三家」：比較價格、品質、功能，才知道每件商品的特色和缺失。

　　寫作者透過比較事物的動靜、虛實、濃淡、大小、強弱、善惡、智愚等特色，來突顯事物各自的形象。對比愈強烈，形象就愈鮮明，感受才會愈加明顯，就像本文中作者王文華的父親罹病前後形貌的對比，以及作者人生觀前後的對比等等，就相當能夠突顯主題的出色之處。

　　閱讀這類依照事件歷程敘述的文章時，最好的閱讀方式就是一邊讀內容、一邊羅列和梳理出各事件發生的「時間點」，列出以後，再進行今、昔的比較，這樣就容易掌握事件變化的脈絡，也能提煉出作者想要突顯的生命「變化」的意義。

引導寫作

　　我們常說，一個人的表達要有條有理，記敘文便是用有條理的方式，敘述事件的前因後果，再加上具體的描寫人、事、物，呈現事件帶給我們的意義。一般短文只要書寫一個事件，如果要寫多個事件，就要考慮這些事件之間的關係，它們彼此的聯繫，就是文章的主旨思想。

　　書寫時可用對比法，採用今昔對比，帶出主角在發生事件前後的態度、思想和觀念的變化，並且加上自己的感想。結尾可以用餘韻法，在情節最高潮時打住，留下耐人尋味的餘韻，供讀者咀嚼深刻的涵意，雖然文章結束了，卻予人意義深遠的印象。

　　應注意的是，在修辭中，映襯和對比是不同的寫作技巧，映襯主次分明，是以次要事物來襯托主要事物；對比則是主次不分，兩者都能夠被突顯出來。寫作時應區分清楚。

? 問題與討論

日期：＿＿＿＿＿＿＿＿＿

系級：＿＿＿＿＿＿　學號：＿＿＿＿＿＿　姓名：＿＿＿＿＿＿

題目：

1. 作者王文華提及「我開始和爸爸說話，才發現我從來沒有和他說過話」，何以如此？

2. 從整體的結構上來看，作者如何安排本文的寫作脈絡？

3. 作者從父親罹病和逝世，理解了哪些生命的課題？

練習想想看

閱讀〈我的生日禮物〉後，你認為下列生活中發生的「現象」，可以帶來哪些啟示？

範例：癌症使人痛苦，而爸爸卻努力纏鬥 → 不到最後一刻，絕不輕言放棄。

我表面上很風光，但我真的在活著嗎 → 我們需要停下腳步，仔細品味生活。

1. 塞翁的馬走失了，幾天後卻自己回來 →

2. 人被蚊子叮咬，併發過敏症而死亡 →

3. 台商離開妻小遠赴國外工作，退休後才願意回台 →

4. 很久沒和朋友聯絡，忽然接到他的死訊 →

練習寫寫看

　　請透過以下三個命題，撰寫具有巧妙譬喻的句子，並構思一則事件的大綱。

一、人生的路上，你永遠無法預先知道各種狀況，經常得經歷過，親身體驗，才能真正的明白。試構想出兩個譬喻句，將人生比喻為某樣事物。

　　1. 人生好比：＿＿＿＿＿＿＿＿＿＿＿＿＿＿＿＿＿＿＿＿

　　2. 人生宛如：＿＿＿＿＿＿＿＿＿＿＿＿＿＿＿＿＿＿＿＿

二、用回憶的方式帶讀者回到生命中的某個時刻。過去曾經因為某件事的發生，以及你自己當時錯誤的心態，使你犯了錯誤，或是錯過了生命的美好，直到事過境遷才得到醒悟。請構想該事件的開始、經過與結果：

　　1. 開始：＿＿＿＿＿＿＿＿＿＿＿＿＿＿＿＿＿＿＿＿＿＿

　　2. 經過：＿＿＿＿＿＿＿＿＿＿＿＿＿＿＿＿＿＿＿＿＿＿

　　3. 結果：＿＿＿＿＿＿＿＿＿＿＿＿＿＿＿＿＿＿＿＿＿＿

三、這類以「反省內心」為題材的文章，最適合用倒反修辭，藉著從事件上得到的啟示來反省自己，說自己「真的是太聰明了」，實際上是嘲諷、責備自己的錯誤，令人感受到那份誠懇。試造句：

　　倒反法：我真的是太聰明了，以至於＿＿＿＿＿＿＿＿＿＿＿

實作練習

日期：＿＿＿＿＿＿＿＿＿＿

系級：＿＿＿＿＿＿＿　學號：＿＿＿＿＿＿＿　姓名：＿＿＿＿＿＿＿

作文題目：生命的啟示

說明：在我們的生命中，經常會發生一些事情，能夠啟發我們的想法，促使我們成長，令人終生難忘。你曾經受到什麼事情的啟迪？請敘述經歷這件事的經過，以及得到的啟示與影響。字數約300字。

_____

_____

_____

_____

_____

_____

_____

_____

_____

_____

第二課

酸柚與甜瓜
周芬伶

 寫作背景

　　周芬伶，1955年出生於屏東。國立政治大學中文系、東海大學中文所畢業，現任東海大學中文系教授。早年使用筆名「沈靜」寫作，題材偏向於親情與鄉情，改用本名後致力於捕捉現代女性的生命境遇。曾獲《聯合報》散文獎、中山文藝散文獎、中國文藝協會文藝獎章、吳魯芹散文獎、吳濁流小說獎等。著有散文集《絕美》、《熱夜》、《戀物人語》、《汝色》、《蘭花辭》、《散文課》，小說集《藍裙子上的星星》、《妹妹向左轉》、《世界是薔薇的》、《影子情人》、《浪子駭女》、《粉紅樓窗》，文學論著《艷異：張愛玲與中國文學》、《芳香的祕教：性別、愛欲、自傳書寫論述》、《聖與魔：台灣戰後小說的心靈圖像（1945～2006）》，傳記《憤怒的白鴿：走過台灣百年歷史的女性》、《孔雀藍調：張愛玲評傳》等。作品多次入選國、高中國文課本及多種文選，並曾被改拍為電視連續劇。

出生於1950年代，而自1980年代起活躍於文壇的周芬伶，創作文類跨足散文、小說、劇本等多種形式，筆調感性、精細且擅於捕捉女性心理。〈酸柚與甜瓜〉一文選自出版於2000年的散文集《戀物人語》，文中以「酸柚」及「甜瓜」這兩種味道歧異、對立的水果，來比喻甜美以及之後變了質的婚姻。在這裡頭，我們可以看到一位跨足在傳統與現代的女性，在婚姻的前期曾經飽嚐如甜瓜般的甜美生活，但當一切已然變質，甜蜜都轉為痛苦，究竟要如上一代的忍耐，還是勇敢的從枷鎖中跳出？在多番的思考與掙扎後，「我」終究選擇丟棄冰箱中已然腐敗的葡萄柚，也明示了她將從婚姻的枷鎖與迷思中掙脫。

 ## 原文閱讀

　　味覺的記憶很奇特，比視覺記憶更強烈極端，當然它更個人化，自私霸道，就像詩一樣。

　　接近詩意的味覺記憶像鑽石一樣稀少，我憎惡柚子的味道，但有一回在橫濱港邊喝到柚子酒，清甜香郁，帶著淡淡秋意，那是一次味覺的高峰。

　　但我要敘述的是在味覺之內，更有味覺之外的東西……

　　父親從南部來看我，帶了十幾個葡萄柚，把小方几堆得疊疊滿滿，蜜油色外皮帶著嬰兒般的粉紅面頰，顏色真美，可惜是我最厭吃的水果。

　　十幾個葡萄柚的美色照亮黯淡的室內，空氣中也帶點酸辛的芳香，我告訴自己學習去吃葡萄柚，實在捨不得丟掉這

麼美的水果，更何況是父親的餽贈。

　　古書上記載柚子，都帶著過度美化的神話想像，《呂覽‧本味篇》就說：「果之美者，江浦之橘雲夢之柚。」雲夢之柚想必是外形美麗引人遐想，或者只是傳說中的謬誤，因為古人對柚子的味道也沒有好感，「似橙而酢[1]」，是呀！柚的難吃就在它有酸酢的味道。

　　台灣盛產的麻豆文旦算是柚中極品了，但吃柚的程序尤其令人感到生命的不耐煩，首先得費盡吃乳之力去掉那層厚且笨的皮殼，還有那永遠剝不乾淨的白皮和難纏的薄膜，結果只吃到一小撮有辣味的果粒，真慶幸只有中秋節才吃柚，孩子們多半吃兩口，興趣只在那個可以當帽子戴的皮殼。

　　葡萄柚更慘，光有個美麗的外表，味道比白醋更單調尖利，怪不得有人發明許多吃法，加糖淋蜜，灑鹽摻水，只為豐富它的味道。但我已發誓去接受它，嘗試第一個葡萄柚時，對半切開，用湯匙挖幾口就放棄了，果肉酸腐糟爛，酸得可以割舌，最後轉成無盡的苦味。果汁像螢光指甲油一樣，十隻手指又酸又苦，真真可怕的水果！

　　「妳真的不要這婚姻了？妳就不能為孩子想一想。」父親說話總是低頭不看人。

　　「就是為孩子才想這麼久，沒辦法了。沒有感情，婚姻就不應該存在。」我的語氣堅決。

1　酢：音ㄘㄨˋ。用酒發酵或以米、麥、高粱等釀製而成的酸味液體。

「先提離婚的人就是不對，女人尤其不能，我們那個時代的觀念就是這樣。」

說到這裡，再說不下去，也找不到話說，父女傾談的經驗幾乎沒有，如果不是因爲婚姻大事，父親也不會專程來這一趟。

沉默不知多久決定不再談婚姻。我請父親爲我口譯龍瑛宗先生的日文作品，父親日文底子極好，書法自成一格，七十歲了還是只看日文書籍，他有一股夢幻氣質，我卻遺傳了他怯懦的憂鬱，我們是兩個不同時代的人，這種感覺令我感到默默的悲哀。

其中有一封龍瑛宗先生寫給哥哥的信，父親先唸一段日文，沉吟一會再用台語說：「這一段是說『雖然我在這裡事事不如意，但人生是枷鎖的連續，個人的痛苦只有盡量忍耐……。』」

父親隔天早上走了，留下十幾個葡萄柚，和滿室的空寂。

那也是我生命中很低沉的一段日子，心情鬱悶時就去切半個葡萄柚，吃兩口就丟，吃的時候嘴裡心中都是酸苦，年紀越大越怕酸苦。

我想改變吃葡萄柚的方法以及對葡萄柚的印象。比照吃麻豆文旦，四分法切兩刀然後剝皮，想盡辦法讓果肉脫殼而出，結果被我捏得一團稀爛，身上手上地上都是螢光指甲油，最後狂奔進浴室。

日子過了十天，除去一些已經潰爛丟棄的，還有九個，

九個！難道這樣酸苦的日子永遠過不完嗎？天天我望著那些葡萄柚泫然欲泣[2]，終於在一天早上，連看也不看一起丟進垃圾桶。

酸利的味道曾經對我是個美好的記憶。十幾二十歲時，考試考不好，買一袋酸李子，讓牙齒振振作響，考試考好了，買一袋生芒果，一片一片吃來泮泮有聲，酸得想唱歌劇。戀愛時嗜吃梅子，書包中恆常有一大包，呼吸中都有梅子的氣味，書上有梅子的粉紅印漬，世上有什麼東西比梅子更香艷刺激？

如何這些美好的記憶都轉成畏懼？不僅是酸，苦辣之品皆不愛，光喜歡吃個甜，越甜越好，大概迷信糖分令人快樂，心情振奮與否完全依賴血糖濃度。有一陣子我是「巧克力」的信徒，另有一段時期是「奶油蛋糕教派」，現在則是「甜瓜主義者」。越甜的瓜像哈密瓜、香瓜、木瓜這類不帶一絲酸味的水果越得我心，開發各種瓜果的甜度，依序是：美國進口香瓜、日本哈密瓜、台灣黑柿木瓜、七八月的西瓜。在這當中小玉西瓜、黃色香瓜是下品，難得嘗到糖分的幸福滋味。

生命的滋味有時會一百八十度翻轉，只是不知道在哪一時哪一刻。

昔日的執念為今日揚棄；昔日的幸福成為今日的痛苦；昔日的美夢恰是今日的惡夢。

2　泫然欲泣：流淚而將哭泣的樣子。泫，音ㄒㄩㄢˋ。

對甜瓜的美好記憶，大多來自婚姻。婆家的人愛吃甜瓜，冰箱中老冰著各種瓜果，尤其是澎湖的甜瓜，乾荒的土地種出來的瓜果特別甜美，形狀品種都與台灣不同，有一種迷你的卵形瓜叫「紅龍」，長得就像恐龍蛋，果肉如胭脂，甜如蜜糖；還有一種體形稍大，不知叫什麼名目，有一次婆婆特地從澎湖老家帶回一個，獻寶似地說：「妳沒吃過這個，台灣沒有的，特別帶給妳吃。」那一天我一個人獨享那個甜瓜，味道已經忘記了，只記得雙手用力一握，瓜卵破開，嫣紅的瓜色活生生如滴血，那是一種奇特的經驗，感到被寵的幸福，如今卻成為辛酸的回憶。

　　我以為已然忘記，一直看到錢選的〈秋瓜圖〉，那個經驗又從四面八方圍攏而來，錢選用最濃的墨色畫出有瓜紋的卵形瓜，再用次濃的墨色畫掌形的瓜葉，最後用很淡的墨色畫幾莖秋草和藤花，那只瓜好像有重量有香氣，集寵愛於一身，直要從畫裡滾出來。畫上題有詩句：

金流時爍汗如雨，剪入冰盤氣似秋。
寫向小牕醒醉目，東陵聞說故秦侯。

　　瓜甜心苦，這首詩寄託了畫家的亡國之哀。詩中的「東陵」指的是秦侯召平，在秦亡之後歸隱東門種瓜耕讀，召平所種的瓜特別甜美，時人稱之為「東陵瓜」。錢選畫瓜果，畫出瓜果的靈魂，真正的甜美往往是帶著濃濃的苦味。

甜蜜與痛苦有時不是相互滲透的嗎？在越痛苦的時候，回憶往事，所有的罪過都被原諒，所有的陰影也消失了。小悲哀只有大悲哀能治療，小快樂只有被大快樂吞沒，而甜蜜的時刻未嘗不隱藏著痛苦的因子呢？

　　「人生是枷鎖的連續，個人的痛苦只有忍耐」，再讀到這句話時，不覺心酸淚落。

品味鑑賞

　　從整體結構來看，〈酸柚與甜瓜〉是一篇從題目到內文，都充滿著精巧設計的女性散文。在題目上，「酸柚」與「甜瓜」這兩種水果在味覺上的對立，除了暗示我們「味覺」在此文的重要性，也表明了文中所要敘述的生命境遇，必然充斥著糾葛與衝突。

　　文章的首段，作者即揭示了這樣的必然性：「味覺的記憶很奇特，比視覺記憶更強烈極端，當然它更個人化，自私霸道，就像詩一樣。」透過比喻法，味覺在一開始便被與相當重視個人化的「詩」劃上等號。這種個人化，點出了味覺記憶的獨特性，並且又從「味覺之內」延伸到「味覺之外」，帶出作為文章核心的「我」的生命故事。

　　主要的事件，圍繞在父親從南部帶來十幾個葡萄柚，並勸說「我」不要離婚。外表美麗、果肉酸腐的葡萄柚，被作者有意地連結到婚姻中艱困、無盡的苦味，並帶出了兩代人之間對於婚姻的認知差異。對父親而言，離婚就是不對，更何況提出的是女人；但是對作者來說，沒有感情，婚姻就不該存在。

衝突之中，爲了轉移焦點，「我」請父親口譯龍瑛宗先生的日文作品。父親刻意翻出其中的一段：「雖然我在這裡事事不如意，但人生是枷鎖的連續，個人的痛苦只有盡量忍耐……。」希望能夠勸說「我」改變主意。隔天，父親離去後，儘管「我」試圖改變心態，但無法揮去的掙扎卻也讓人大聲疾呼：「還有九個，九個！難道這樣酸苦的日子永遠過不完嗎？」

當然，酸利的滋味並非一直都是苦痛，只是美好的記憶在婚姻的挫敗中，紛紛轉爲苦痛與畏懼。曾經，甜瓜的美好也是來自於婚姻。婆家愛吃甜瓜，也曾讓「我」感受到被寵愛的幸福。然而，「生命的滋味有時會一百八十度翻轉，只是不知道在哪一時哪一刻。」生命的無常與變動，讓幸福轉爲痛苦，使美夢變成了惡夢。

到了文末，作者以元代畫家錢選（1239—1301）所畫〈秋瓜圖〉，點出眞正的甜美往往帶有濃濃的苦味，啓示了我們：人生何嘗不是在種種生命的考驗中，突破執念、突破傳統、突破困境，終究獲得了繼續前進的力量。在這篇文章中，味覺與婚姻的記憶不斷交錯出現、互爲比擬，既是作者自我生命的表露，也是女性自我主體的發現與實踐。

 延伸小知識：東陵瓜

「東陵瓜」的典故可見明代劉基的〈司馬季主論卜〉。秦朝時，東陵侯召平位居高位，但是在秦滅亡後，降爲布衣，在長安城東種瓜，由於瓜的味道很甜美，相當著名，被稱爲東陵瓜。然而東陵侯不甘寂寞，企圖東山再起，於是去拜訪善於占卜的司馬季主。

司馬季主卻告訴東陵侯，鬼神之說不可信，人是萬物之靈，不

應該相信那些占卜之物，並且啟發他：過去沒有的而現在擁有，並不算過分；過去曾經有過但現在失去了，也不能算欠缺。這都是自然現象，所以人對於眼前的困境，要採取順應自然的態度。

老子說：「禍兮福之所倚，福兮禍之所伏。」人生的甜蜜與痛苦，禍與福之間，往往互相依存，互相轉化。好事與壞事都不是絕對的，在一定的條件底下，矛盾的雙方可能將好、壞的結果調轉。這告訴我們：人應該要用平常心來看待生命的起伏與跌宕。

創意閱讀

人類所有的感官知覺，都可以讓人獨自品味感官之美，但唯獨味覺擁有社交的特性。在文化上，「與人共食」通常代表著接納與溝通，作為和平或友善的姿態，各種企圖和徒勞無功的努力，經常在飯桌旁上演，像是項羽款待劉邦的「鴻門宴」，就是相當經典的一個案例。

略過食物的象徵意義不談，來看看食物本身。食物的口味作用在其質地、氣味、溫度、顏色等特色，在我們飲食的同時，有數種感覺在口腔中混戰，它們不但飽足了人們的胃，也刺激了人們的記憶。就像本文作者周芬伶，當她在口中留有某種食物的餘味時，很容易就會聯想到相關的故事，和一段令人難以忘懷的回憶。

引導寫作

本文〈酸柚與甜瓜〉運用了各種感官摹寫技巧，描述對柚子、甜瓜的味覺感受。感官摹寫，是將身體對事物的各種感受，運用文

字加以形容描寫。可以藉由視、聽、嗅、味、觸等感官知覺來觀察和體驗事物，然後書寫出來。可以單純形容一種感官感覺，也可以將五種感官混合著描寫，使文章的意象更爲豐富。

描寫舌頭嚐到的味道，不一定限於酸、甜、苦、辣等味覺形容，有時描述食物在口中的質地細緻或滑順，有時嗅聞其氣息，或是描述咀嚼食物時，食物在口中的迴響，或切開柚子所聽見汁液的甜聲，最後加上人們品嚐食物的反應、心情和回憶，就能將飲食描繪得入木三分。比如：

1. 我慢慢地剝去了網在上面的脈絡，然後，剝開放進口中。冰涼而甜，微微有一點酸澀。（殷穎〈寒夜〉）

2. 忽然一個右轉，最鹹最鹹，劈面撲過來，那海。（余光中〈車過枋寮〉）

3. 一口咬下，熟透的肉餡汁鮮甜入口，雖是燙了舌頭但仍義無反顧地吞下。（陳宜君〈台北小吃〉）

? 問題與討論

日期：＿＿＿＿＿＿＿＿＿＿＿

系級：＿＿＿＿＿＿＿　學號：＿＿＿＿＿＿＿　姓名：＿＿＿＿＿＿＿

題目：

1. 在本文，有關「感官摹寫」的部份有哪些？作者用了哪些手法呈現？

2. 酸柚與甜瓜，在文中分別具有什麼象徵意義？

3. 作者周芬伶引用「東陵瓜」的典故，目的是在說明什麼？

練習想想看

把食物、味覺形容詞和某件事情加在一起，聯想出一個描述情感的形容詞。

範例：柚子 ＋ 無盡的苦味 ＋ 離婚 ＝ 痛苦

　　　甜瓜 ＋ 甜如蜜糖 ＋ 婆婆的寵愛 ＝ 幸福

1.　牛肉麵　　＋ ＿＿＿＿＿＿ ＋ ＿＿＿＿＿＿ ＝ ＿＿＿＿＿＿

2.　＿＿＿＿＿ ＋ 酸利的滋味 ＋ ＿＿＿＿＿＿ ＝ ＿＿＿＿＿＿

3.　＿＿＿＿＿ ＋ ＿＿＿＿＿＿ ＋ 戀愛　　 ＝ ＿＿＿＿＿＿

4.　＿＿＿＿＿ ＋ ＿＿＿＿＿＿ ＋ ＿＿＿＿＿＿ ＝ ＿＿＿＿＿＿

5.　＿＿＿＿＿ ＋ ＿＿＿＿＿＿ ＋ ＿＿＿＿＿＿ ＝ ＿＿＿＿＿＿

請沿虛線剪下

練習寫寫看

一、把食物、味覺形容詞與發生過的事件聯繫在一起，造出一個句子。
　　例如：那些年我們的愛，是芒果青澀的香甜，是記憶中不曾逝去的
　　　　　片段。

　　試另造句：_____

　　_____

二、接著，扣緊「題目一」的句子，利用起、承、轉、合的方式構思大
　　綱，每個部分只要以幾個句子勾勒出主要內容即可。

　　　1. 起：_____

　　　_____

　　　2. 承：_____

　　　_____

　　　3. 轉：_____

　　　_____

　　　4. 合：_____

　　　_____

實作練習

日期：_____

系級：_____　　學號：_____　　姓名：_____

作文題目：蘋果的滋味

說明：蘋果的果實富含礦物質和維生素，是人們最常食用的水果之一。蘋果在文學上有許多象徵意義，多半都是神秘的果實，甚至是禁果。請回憶吃蘋果的經驗，不論是自己獨食，或是與家人、朋友共食，將回憶寫成故事，並描述心情感受。字數約300字。

第 三 課

冥思・病痛的哲學

王溢嘉

寫作背景

　　王溢嘉，1950年出生於台中，國立台灣大學醫學系畢業，現任《綜觀世界雜誌》總編輯、大同出版社社長，專門從事寫作及文化出版工作。中學時代就常寫文章投稿，在台大讀書時，曾任「大學新聞社」總編輯及社長。畢業後，僅從醫兩個月，就轉而專注從事寫作。1979年與妻子創立「野鵝出版社」，1982年創辦《心靈》雜誌，每月在雜誌上大量撰稿。1987年《心靈》停刊後，開始在各報刊雜誌上開設專欄，並任《健康雜誌》總編輯。作品類別包含散文、文化評論與科學論述等。散文經常以醫學相關的專業角度，探討生命的意義。文學與文化評論則以自身學科訓練為基礎，採取跨領域整合的方式，從事中外文學、文化的研究與分析。著有《實習醫師手記》、《聊齋搜鬼》、《世說心語：100個生命啟示》、《性、文明與荒謬》、《精神分析與文學》、《青春第二課》、《少年夢工廠》等四十幾冊著作。

本文選自《實習醫師手記》。這本書中的文章，多出自於作者1976年在《中國時報‧人間副刊》所開設的「楓林散記」專欄，與1977年《聯合報‧萬象版》的「實習醫師手記」專欄。當時的王溢嘉剛自台大醫學系畢業，卻選擇遠離醫師這個職業而投入寫作，他將自己擔任實習醫師期間，所觀察到醫院以及病人的種種，通通化為文字，表現出對生命與病痛的深度省思。〈冥思‧病痛的哲學〉一文，透過一位社會工作者所轉述的故事，點出醫學的作用與使命，除了減輕病患的痛苦外，對於人的存在與死亡，恐怕也需要一番深刻的哲學思考。這樣的生命哲學，實為《實習醫師手記》一書中最主要的基調，也是作者對生命存在與尊嚴最深刻的凝思。

原文閱讀

在兒童心理衛生中心的日間留院部，三位初抵此間的見習生（醫科五、六年級學生）在看完一、二十個小病人後，似乎暫時都陷入各自的沈思中。

所謂「小病人」是指智能不足、自閉症、腦麻痺、行為障礙的孩子。第一次看到這麼多不幸的孩子聚在一起，他們的表情、動作及無聲的言語所構成的奇特景象，總會讓人放慢匆忙的生活步調去想一想，因為它似乎想要向我們表白些什麼。當然，觸景生情的人想了些什麼及想出了些什麼結果，就要憑個人的感受而定了。

有一位見習生也許想到了些什麼，忽然脫下他身上象徵身分與責任的白衣，激動的說：「在我穿著白衣的時候，

我會任勞任怨的照顧他們、治療他們，甚至唱他們永遠聽不懂的歌給他們聽；我不敢問，現代醫學對他們能有什麼幫助，但當我脫下白衣後，我要問，這些人連自己在受苦受難都不知道，那已是痛苦的極致，我們為什麼不讓他們死……安樂死或者什麼，我想死亡對他們也將是沒有感覺的，不要用道德的問題來詰難[1]我，我要問的是，為什麼他們要忍受這種無意義的痛苦？」

最近，一位剛赴美的社會工作者，在醫院喧囂的販賣部裡，冷靜的告訴我上面這個故事，我也曾經是醫科學生，也曾想過類似的問題，我為這位醫科學生祝福，不管他現在怎樣，但只要他有心想這個問題，在他往後更多的臨床經驗中，也許能想出更好的答案來。

伊凡·卡拉馬助夫[2]曾提出一個問題：為什麼無辜的嬰兒仍受痛苦和死亡的威脅？我對這個問題的引申是：為什麼好人仍會為病痛受苦？善良的人仍會半身不遂或者死於癌症？一板一眼的醫師也許會說：因為他不注意衛生；他攝取過多的動物性食品；他抽煙。「預防勝於治療」——我們要事先防範悲劇的發生。譬如上述智能不足、腦麻痺的小孩可能是母親在懷孕期間生病或用藥不當，所以我們要事先防範。「預防」好似成了最好的答案，像心理疾病或適應失調

1　詰難：音ㄐㄧㄝˊㄋㄢˋ。責問非難。

2　伊凡·卡拉馬助夫：俄國作家杜斯妥也夫斯基小說《卡拉馬助夫兄弟們》中，卡拉馬助夫兄弟的老二，是個無神主義的知識分子。

是最難預防的，但仍有位心理治療學家說：如果羅蜜歐與茱麗葉能夠事先接受適當的心理輔導的話，就不會發生悲劇。但我想這絕不是伊凡·卡拉馬助夫所想要的答案。

因為悲劇已經發生了，每一個來到醫院的人，在身心方面多少都已出現了某種悲劇。

醫師最不願意面對的是眼看病人受病痛或死亡的威脅，而自己卻愛莫能助的場面。在這種場合裡，醫師賴以維持身分與自信的醫療技術，黯然引退，面對病人的祈求眼光，他將何以自處呢？即使不祈求，像茫然不知的智能不足兒，醫師又如何賦予他們的不幸以任何意義，而不是絕望地去「治療」他們呢？

意義治療學家佛蘭克對人類受苦的意義，曾有一個生動的譬喻：如果人類為了製造小兒麻痺疫苗而在一隻猿猴身上刺了好幾針，依猿猴的智慧，它是不可能知道他為何受苦的。同樣的，以人類目前的智慧也無法了解人類為何要受苦，為何要受病痛和死亡的折磨。猿猴的受苦是為了奉獻人類，病人受苦的意義有一小部分是為了奉獻給往後受同樣病痛折磨的人類，但它終極的意義是什麼？病人受苦及死亡的終極意義是什麼？這已是哲學及宗教問題，而非醫學問題，佛蘭克稱此為「存在的奉獻」。

佛蘭克這種兼含功利與宗教色彩的說法，在我開始接觸病人後，即不斷給我衝擊，同時多少也是我實習醫師生涯中的一項支柱。如此我才能為一位已經無望的病人再做腰椎穿刺，抽取脊髓液來檢查，或者向那位見習生所說的，唱他們

（智能不足兒）永遠聽不懂的歌給他們聽。人類的存在，包含病痛及死亡，終將是一種「奉獻」，正因為我們不明瞭它的意義，所以我們必須更心懷敬謹。

哈佛大學的某教授曾寫信給美國醫學會說：「醫學面臨著擴大其作用的使命，醫師絕對需要浸淫於哲學之中。」在慢性的不治之症成為人類的主要病痛時，不僅是醫師，病人可能也需要一點「病痛的哲學」。

品味鑑賞

王溢嘉的散文素來以醫學背景豐富、生命思索多元而聞名，他的成名作《實習醫師手記》中的文章，距今雖然已近三十年，卻仍然給我們許多關於「白色之塔」底下的深刻思考。

在書中，作者不斷強調，醫學生的訓練是一種從死到生的心路歷程，醫學教育的過程就是不斷丟出「生命到底是什麼」的難題。在他的眼中，醫學院的學習過程除了技術外，更重要的是生與死的思索與論辯。所以他談急診、談棄嬰、談醫病關係，也談臨終關懷。因為，若少了對生命的這一層尊重與關懷，那麼醫學恐怕不免淪為「怕死的科學」。

〈冥思‧病痛的哲學〉一文中，作者以一位剛赴美的社會工作者所轉述的故事，將場景拉到兒童心理衛生中心的日間留院部。這裡收容的「小病人」，大都是智能不足、自閉症、腦麻痺或是行為障礙的孩子。面對這樣的景況，一位見習生憤怒地質問：在現代醫學已無法給予這些病患任何的幫助時，為什麼還要他們繼續忍受無

意義的痛苦？此一問題的提出，無疑觸及了醫院中醫師最不願意看到的場景，就是眼看病人遭受病痛或死亡的威脅，而自己卻愛莫能助。

就像前台大創傷部主任柯文哲醫師說的：「醫生其實只是生命花園裡的園丁，園丁不能改變春夏秋冬，只是讓花草在四季之間開得燦爛一些。同樣的，醫師也無法改變生老病死，只是讓人在生老病死之間活得快樂一些、舒服一些而已。」若此，醫師如何賦予這些人的不幸更深刻的意義，而不是絕望地治療他們？

作者在文中，引用意義治療學家佛蘭克對人類受苦生動的譬喻，指出病人受苦的意義有一小部分，正是為了奉獻給往後同樣受到這些病症折磨的人們，也就是佛蘭克所謂「存在的奉獻」。佛蘭克這種兼具功利與宗教色彩的看法，賦予了人類的病痛與死亡正面的意義。對作者來說：「人類的存在，包括病痛及死亡，終將是一種『奉獻』，正因為我們不明瞭它的意義，所以我們必須更心懷敬謹。」

這些論述說明了兩點：第一、醫學在更多時候要處理的，是人性的問題而不是科技的問題，因此醫學終究不能離脫人文，也不能離脫生命哲學；第二、從正面的角度來看，不僅活著、快樂具有意義；悲痛、疾病與死亡，也是帶領人類前往更美好未來的重要部分。因此，病痛的哲學值得我們「冥思」；生死智慧的修練，也是每個人生命中必經的課題。

 延伸小知識：意義治療法

意義治療法（Logotherapy），是奧地利的心理學家維克多・佛蘭

克（Viktor Frankl, 1905-1977）所創。二次大戰時，佛蘭克和其他猶太人被關進集中營，他被剝奪了自由，失去親人、工作與著作原稿，看著其他人一個個進入煤氣房，受盡折磨、痛苦。二次大戰後，他創立了意義治療法，因為經歷過集中營的悲痛經驗，使他發展出積極樂觀的人生哲學，使人生能活得健康快樂。

意義治療法的焦點放在「人存在的意義」以及「人對此存在意義的追尋」，這種追尋生命意義的企圖，是一個人最基本的動機。佛蘭克認為，人在一切情況下，包括痛苦和死亡在內，都能夠發現意義。忍受痛苦是為了活下去，人在受苦中能發現某種意義，使自己倖存下來。意義治療協助患者從生活中領悟生命的意義，藉以改變人生觀，面對現實，積極樂觀的活下去，努力追求生命的意義。

創意閱讀

〈冥思．病痛的哲學〉是一篇議論文，在層層的推演之後，通過引用事理作為論據，來證明論點「病痛的哲學」，這就是引證法。所引用的事理可包括經典名著、名人言論、科學原理、常識，以至古今中外內涵深刻的格言、諺語、成語等等。運用這些材料論證，能大幅增加文章深度，更準確的說明論點。

權威性的話語經得起時間考驗，可以幫助文章說理更加深刻，表現文章的思想深度。例如本文引用的：「病人受苦的意義有一小部分是為了奉獻給往後受同樣病痛折磨的人類。」這段話引用了意義治療學家佛蘭克的名言作為論據，說明人之所以存在的重要。要注意的是，引用的言論和事理，是不是能受大眾信服，並不是所有的名言都能作為論據，只有那些能證明理論正確的名言、格言，才能禁得起歷久彌新的考驗。

引導寫作

　　權威性的佳句往往是充滿魅力的語言，更是蘊含思想、意義的文字，經得起時間考驗。在寫作中運用名句，可以幫助我們說理更加有說服力，使文章充滿哲思。引用時應該要選擇道理正確的，與文章的內容有密切關係，避免陳腔濫調。

　　舉例來說，假設要寫「登山」，從描述山的峰巒相疊，聯想到「一山比一山高」的處世之道，就是運用象徵和引用經典名句，來間接傳達文章的弦外之音。又譬如引用「句踐復國」的歷史來說理，就要掌握「成功與失敗」的因果關係，說明失敗可以雪恥，只要持續努力，最後終能達到成功，也可以用來說明成功之後得意忘形，導致失敗。不論我們引用什麼論據，都必須與文章的主旨緊密切合，運用得多，不如用得巧、用得妙。

? 問題與討論

日期：＿＿＿＿＿＿＿＿

系級：＿＿＿＿＿＿＿＿　　學號：＿＿＿＿＿＿＿＿　　姓名：＿＿＿＿＿＿＿＿

題目：

1. 由本文〈冥思・病痛的哲學〉可知，醫學多數時候處理的是什麼問題？

2. 作者王溢嘉啟發我們，應該用什麼角度去思考病痛的哲學？

3. 本文的寫作在結構安排上，其論述的脈絡為何？

練習想想看

　　運用名句、意象、歷史、典故、藝術等材料入文，能使文章頓時生輝，展現作者的思想內涵。以下提供範例和試題，請在引用名言之後接續寫作：

範例：俄國文學家別林斯基曾說：「一切真正的和偉大的東西，都是純樸而謙遜的。」因此謙虛的人懂得簡樸自約，低調行事，使人感到品德淳厚、如沐春風，願意親近。

1. 蘇東坡說：「不是廬山真面目，只緣身在此山中。」＿＿＿＿＿＿

＿＿＿＿＿＿＿＿＿＿＿＿＿＿＿＿＿＿＿＿＿＿＿＿＿＿＿＿＿＿

2. 莊子說：「人籟是人為的聲音，地籟是風吹萬物的聲音。」＿＿＿

＿＿＿＿＿＿＿＿＿＿＿＿＿＿＿＿＿＿＿＿＿＿＿＿＿＿＿＿＿＿

3. 俗話說：「沒有走不出的路，只有不去走的路。」＿＿＿＿＿＿

＿＿＿＿＿＿＿＿＿＿＿＿＿＿＿＿＿＿＿＿＿＿＿＿＿＿＿＿＿＿

請根據題目提供的名言佳句，思索出具有深刻思想的感想，撰寫成小短文。

1. 登泰山而小天下。（哲學家，孟子）

_____

_____

2. 不識廬山真面目，只緣身在此山中。（北宋詩人，蘇軾）

_____

_____

3. 眾裡尋他千百度，驀然回首，那人卻在，燈火闌珊處。（南宋詞人，辛棄疾）

_____

_____

4. 黑夜給了我黑色的眼睛，我卻用它尋找光明。（現代詩人，顧城）

_____

_____

 實作練習

日期：＿＿＿＿＿＿＿＿＿

系級：＿＿＿＿＿＿＿＿＿　學號：＿＿＿＿＿＿＿＿＿　姓名：＿＿＿＿＿＿＿＿＿

請沿虛線剪下

作文題目：看山

說明：山給你的印象是什麼？是雄偉的象徵，還是包容萬物的故鄉？
　　　你見到的山是什麼樣子？是千百年不變的屹立在那裡，或是充滿
　　　著神祕感？請描述你眼中的山，並論述從「看山」當中得到的啟
　　　示，字數約300字。

飲饌之間
徐國能

寫作背景

　　徐國能，1973年出生於台北，從小愛好文藝，高中時代即顯現其古典與現代文學的創作文采。大學時期原就讀東海歷史系，後轉讀中文系，於東海大學完成學士與碩士學業，並取得國立台灣師範大學國文學系博士學位。曾任教於淡江大學中文系，現為國立台灣師範大學國文學系副教授。擅長散文、新詩與古典詩創作，曾獲《聯合報》文學獎、《中國時報》文學獎、梁實秋文學獎、教育部文藝創作獎、台灣文學獎、《聯合報》讀書人最佳書獎等。著有散文集《第九味》、《煮字為藥》、《綠櫻桃》、《詩人不在，去抽菸了》、《寫在課本留白處》等。

　　本文選自作者代表作《第九味》，全文分成〈大同電鍋〉、〈奉茶〉、〈世間美味〉三個節次。首節以新婚之後，母親千里迢迢的送來了大同電鍋，以及火車上遇到送雞的年輕夫妻，點出家家戶戶所擁有單純、古老的電鍋，並非只是一個煮飯的器具，而是深刻地

隱含了母親的關懷，和人們對幸福的企盼。第二節則以「奉茶」為題，藉由社區旁的公園，有人設置愛心茶桶的小故事，指出令人難以忘懷的好茶，可以只是很平常的茶葉，卻因為供茶者的愛心，而賦予了不凡的意義。至於最後的〈世間美味〉，則以一個加蛋的三明治，述及年輕教師對學生的關心，以及炎涼世界中無情之有情。透過三個節次的小故事，作者既寫出了食物不平凡的意義，也扣緊了真正所要談論的「情」。

原文閱讀

一、大同電鍋

　　新婚不久，母親千里迢迢爲我們送來了大同電鍋，十人份的，大熱天，老人家轉車轉了一上午，連水都還來不及喝上，就忙將這碩胖碩胖的傢伙搬到廚房，我說：「媽，我們只有兩個人，而且很少開伙，都在外面吃……」母親默默地拆開紙箱，撕去包裝紙，沉吟著要將大同電鍋放在何處，我說：「媽，我們現在蒸飯都用電子鍋了，你看，我們連放的地方都沒有……」環顧小小的流理台，大同電鍋終於還是擠進了電子熱水瓶與微波爐之間，有點委屈，朱紅的身段，一枚黑色的按鈕，與我們整套乳白色系的歐式廚櫃也顯得格格不入，好像一位穿著旗袍喘著粗氣的發福女士，錯走入骨感十足，雲裳牽香的米蘭春裝發表會。

　　「飯總是要吃了……」母親終於說了，我正想解釋我們

電子鍋包括自動定時等功能在煮粥炊飯上的妙用，還有微波爐、電磁爐……，實在不差這一個十大建設時期的工藝品，何況都加入WTO了，何必愛用國貨？這充滿懷舊氣氛的鍋子，對於炊事來說應已完全派不上用場了。但妻卻已將淘好的米放入內鍋，「外鍋半杯水就好了，」母親熱心地指導著，「上面還可以蒸蛋」。

我一直覺得，廚藝是一種天分，對於味色的直覺與敏感，還有後天沉澱在記憶裡的各種紛繁、卻又極有秩序的印象，所有廚師的內在都有一只神秘的冰箱，裡面是各種烹調心得，婚前婚後，我從一個冰箱跳到了另一個冰箱，母親強調的是茁壯根基的營養，厚值國本的建設，她用央行總裁關心外匯存底的心情來在乎我們的身高體重，仔細計算我們每日卡路里的出超與入超；而妻子是執著的藝術家，有時寫意得近乎潦草，有時工筆到毫巔之外，我總相信女性內在有一種通達於宇宙自然的潛能，當她們發動這種潛能時，一草一木，一鹽一梅，都是俯首聽命的精靈，將全部的精華貢獻於鏟間杓下，流動著無以名狀的感動。

我經常被這些深深感動，燈下窗前，我覺得那是一種為滿足生命本質，但又超越於生命本質的過程，如果有所謂的幸福，如果有所謂的遺憾。

而我至今一直思量著那盅雞湯，它讓我有莫以名之的情懷。

在火車上，陌生的年輕夫妻問我要不要雞，一個很突兀

的問題，年輕夫妻因而有些赧然[1]，我第一直覺是推銷或騙子之類的，連忙拒絕，這年頭什麼都有得賣，他們大概也看出了我的疑慮，尷尬地解釋說不用錢要送我，這更讓我有金光黨的想像，現下社會哪有白吃的雞呢？那位太太解釋，她的母親在鄉下專養跑山雞，每次回娘家，光吃就怕了，但她母親一定還要她帶一兩隻殺好的回台北，「又不好說不要，可是冰箱都放不下了」先生補充說明，「我們上班到好晚，哪有時間做，丟了又可惜……」在兩人一番遊說下，再拒雞於千里之外似乎就是不近人情了，我想起了豐子愷先生在〈蟹〉一文中的處境[2]，便真拎了隻雞回家，腦海中是他們如釋重負的笑容，兩邊互相頻頻道謝，真是彬彬，子女亦有難為時。

　　黃耆、蔘鬚、枸杞、黑棗、當歸……，當晚，我按照他們所說的「古法」，開始燉煮，妻以為應再放些菊花，取其清涼閒淡，以免過於燥熱，我以為酒可稍多，鹽須少放，這種親切的研究讓我幾乎可以想見那對夫妻的母親在灶前的光景，暮色靄靄，氤氳的水氣與香味彷彿從童年的夢中飄來，帶著濃濃的泥土與青草芬芳。

　　這時「大同電鍋」派上了用場，十人份的剛好容納一隻全雞，「答」地一聲它的按鈕跳了起來，我與妻相視微

1　赧然：羞慚而臉紅，難為情的樣子。赧，音ㄋㄢˇ。

2　豐子愷本來戒葷，但唯獨喜歡吃蟹，他在〈憶兒時〉中談自己跟著父親吃蟹，當時他正在茹素，後來開了葷，就恢復了吃蟹的喜好。

笑。在啜飲湯汁之餘，我竟發現了朱紅的「大同電鍋」也略含輕笑，在燈下看來慈祥極了。

　　幾天後母親打電話來問我電鍋好用否？接著她開始講述她剛結婚時的四坪房間，坐月子時的諸多不便，以及幫我們帶便當的那些日子，「大同電鍋」與「大王牌縫衣機」就是她所有的嫁妝了，竟也伴隨著她走過人生大半精華的歲月，我的所有童年。我猜想對於她辛勞的一生，十人份的電鍋或許代表了某種幸福的涵意，所以她不辭艱辛地搬來給我，「飯總是要吃的」母親很有自信地說。我反覆想著這句平凡至極的話，就像咀嚼著滿口甜香的米飯。

　　晚上，電視劇中的男女主角在做深情的告白，我忍不住對妻說：「十人份的電鍋就是一種幸福」，妻大笑了起來，狠敲一下我的頭說：「你竟然現在才知道」。

二、奉茶

　　人生在世，不免有個閒趣雅好以寄生涯，上者沖情怡性，超然於碌碌塵世之外，自是林泉幽賞之士；而下者，或呼朋引伴、翫日愒歲[3]，終有喪志敗德之譏，故凡事皆宜執中而行，不可偏激。以今日社會之富庶，食不厭精、膾不厭細[4]固不必說，對於飲茶品酒，又自有一番講究。

3　翫月愒歲：又為「翫歲愒日」。貪圖安逸，虛度光陰。翫，音ㄨㄢˋ。愒，音ㄎㄞˋ。
4　食不厭精，膾不厭細：米麥碾舂得愈精白愈好，魚肉切得越細越好。比喻食

對於茶藝，我只知喝，不知品，算是十足的門外漢，有幸生在台灣，卻也只能略分凍頂、包種、東方美人等，其中發酵深淺、焙火溫厚，有時亂說一通，只是湊湊熱鬧而已。朋友中有極有興味者，每年春遊，便是在茶產區流連，有時一擲千金也面不改色，近年開放大陸旅遊，更是助長訪茶雅興，攜得好茶而歸，選定良辰，引泉升火，擺開各色杯盞，大家契闊聚首，伴隨茶香曠懷半日，極有一番人間風味。

　　然而在喝過的茶中，某年的冠軍茶，傳統的貢茶，極難得的陳年普洱茶等，都是感官的宴饗，包種茶的清逸靈通，鹿谷茶的甘味深沉，都有一種難言的美感悸動。然而極令我難忘的，卻並非這類色味傾城的名茶，而是一杯平凡，卻讓我對飲茶一事有了另一種見解的粗茶。

　　在我從前住的社區旁，有一座小小的公園，幾株蒼翠的喬木，每年夏天亦有整季的蟬聲，被踩得半禿的草坪，每日下午也都傳來兒童的嬉笑與狗的吠聲，公園雖小，但卻也十分熱鬧、美麗。早上有太極拳、元極舞之類的教學，夜間則有媽媽們的舞蹈班，那些亭子裡的棋友，打了幾年還分不出勝負。我經常繞著公園散步幾圈，享受城市中的片刻華蔭。不知何時，公園裡的涼亭中出現了一桶「愛心茶」，銀色的桶上用紅箋寫著「奉茶」二字，手筆雖非穩健，卻也心誠意正，感受得到那端莊的敬意。

品精緻，飲食講究。膾，音ㄎㄨㄞˋ。

有人說是里長選舉快到了，有人說是道路工程受益，說歸說，但茶是沒有人喝的，因為單在茶蓋上的一只鋼杯，讓人有傳染肝炎等等疾病的疑慮。幾天後鋼杯消失了，換了一落環保紙杯，於是小亭子真成了清涼之地，熱了、渴了、累了的人，都到這裡來喫一杯茶，或聊聊天，大家所享受的，不僅是一杯茶水對於生理需求的慰藉，比起市售飲料等，更為都市生活加入了一種淡淡的閒情。然有幾位公園的「耆宿[5]」，評斷這茶絕非好茶，只是熱水加爛葉與梗子，有些晚來的婦孺，對於空桶總是抱怨負責人沒有盡心。

　　不過我想這茶絕對與選舉云云無關，亦恐非公家單位負責，那茶早晚兩次，一定是滾燙的，夜裡桶子也不在，想必是有人細心收了去，茶水雖非上品，但也並非如「耆宿」們所言如此不堪，仔細嚐來，韻味猶勝許多餐廳裡的假香片、真烏龍。寒來暑往，茶水始終沒有間斷，我相信它來自一位有心人，有時我想放一罐茶葉讓其主人在夜間收去，但隨即想到這會不會使人誤解這是對茶水不滿意的諷刺？

　　而我終於遇上了「愛心茶」的供應者，就是公園對面愛心商店的殘障夫妻，我曾在他們那裡刻過一次圖章，還買了一盆小仙人掌，當時心裡有點嫌貴。夫妻兩人一輪一杖，吃力地將水桶茶壺搬進小亭，小心地加茶，並補充環保杯。

　　「其實是彼此幫忙…」太太客氣地說。「而且我們住得最近，也不費事，不費事」先生笑得有點不好意思，我看著

5　耆宿：年高而素有德望的人。耆，音ㄑㄧˊ。

他們走出公園，穿過馬路，心中有了微微的感慨。我想起一位喜歡獨自登山的朋友，一次在聚會中，說到有一回他獨自登上峰頂，萬籟俱寂，只有雲氣飄蕩，一爿簡陋的草亭中，竟也有一桶熱茶，當時他面對浮在雲海之上的群山萬壑，啜飲香茗，雖孤身佇立，但並不感到寂寞。

我不了解登山者的意境，但我想人間萬事，似乎都是如此，有時我們不免煢煢[6]於時代的繁囂與生命的孤絕，或自立於某種繁華而鄙薄他人，但有時一碗粗淡的熱茶，卻包容了這些，彷彿有一點會心，一個寧靜的片刻，讓我們坐在世俗之外，面對另一個沉澱在杯底，不染塵埃的心靈世界。

因此我每天走過公園都要去喝上一杯，洗滌一顆塵心。

三、世間美味

在火車上巧遇以前的學生，他說他已經高三，今年畢業就要下基地了，言談間似較年前穩重許多，已有職業軍人的架式。車到中壢，他扛起大背包準備下車，突然回頭說：「老師，我們全班都不會忘記那世間美味」，大概是見我一臉錯愕，遠遠用手比了一三角形，我們一起笑了起來。

其實我哪來什麼世間美味。

說來慚愧，那時研究所剛畢業，糊里糊塗地找上了這份工作，擔任軍校學生的國文老師，還掛階中校，比我當兵時的連長還大，一來學校，組長便談到學生程度不好、對課

---

6 煢煢：音ㄑㄩㄥˊㄑㄩㄥˊ。孤獨無依的樣子。

程沒興趣等等教學上的問題，對於滿懷熱情的我而言頗是打擊，尤其是這一班情形更爲嚴重，上課多是漫不經心，不是打瞌睡便是吵吵鬧鬧，在學校學的一套什麼教育心理、班級經營等，完全失靈，讓我總是抱著絕望的心情來到教室，又帶著自責離開，尸位素餐[7]便不說了，看到他們因被棄引起的自棄，更令人痛苦、無助。

我想這樣也不是辦法，一天，我決定放下書本，問問他們的想法，爲何這麼興趣缺缺，爲何這麼意興闌珊，全班回到了靜默，「老師，我們中午沒吃飽」那位同學突然大聲說，一問之下，才知他們中午常因某某表現不好而加強操練，午餐只能草草了事，故下午第一堂課都是極沒精神的。

我想給他們一個驚喜，隔天，便向營區外的「美╳美」老闆訂了三十個三明治，老闆問明了原因，很豪爽地說他贊助三十顆雞蛋，喚他老婆出來，兩人動手，十分俐落，不消幾十分鐘三十個加蛋三明治便完成了。這天上課，大家都很興奮，但因爲怕驚動了巡邏的長官，大家也都壓抑著保持安靜，一片咀嚼聲中，上次發言的同學卻沒有吃，他說這是「世間美味」，要留到晚上慢慢再吃，許多同學聽了都深有同感地將吃了一半的三明治收了起來。一時我竟有些難過。

他們某些來自原住民的家庭，有些則是家庭不太健全

7　尸位素餐：占著職位享受俸祿而不做事。

的，他們本性樸質善良，但或許是在成長的過程中，大多數的人不肯定他們，也無所謂真心，他們深知此點而無處怨憤，只能用無所謂的態度來保護自己，漸漸養成輕易放棄的習慣。但相處中，他們實在而單純，又豈只是人口中的不上進、程度差等負面批評。以後雖然再也沒有吃三明治，但上課的情形卻慢慢好轉，不僅國文，據說其他科目也是如此。

但我所能提供的「美味」畢竟太少，太少，一學期後我便離職了，但我重新體認了這個社會的無情與有情，並且深深知道，該以哪一種方式來面對這些炎涼，或從中體會那更細膩的況味。

學生在月台遠處向我揮手，我也向他比了一個三角形，他大概不知道，那是他們送給我的，永恆的「世間美味」。

品味鑑賞

熟習以飲饌題材帶出生命課題的徐國能，父親一輩原開設湘菜館「健樂園」，他從小在灶上穿梭，累積了不少食道經驗，因而寫出〈第九味〉、〈刀工〉、〈食髓〉等飲食文學的佳作。與這些篇章的澎湃大菜相比，清新自然的〈飲饌之間〉，則像是一碟令人回味再三的小菜，以日常手筆寫出了生命的非常。這篇文章的三個小節看似各自獨立成文，卻又能夠串連一氣，以飲食有關的日常故事帶出平淡、幸福的生命情感。

文章首節以「大同電鍋」為題，帶出兩代人不同的生命經驗。母親那一代，「大同電鍋」與「大王牌縫衣機」就是她所有的嫁妝，這些物品伴隨她人生的大半歲月，也將孩子們拉拔長大。因此，等孩子成家時，自然也想將大同電鍋的幸福經驗，複製到他們身上。於是，歐風的廚房終於被擺進了朱紅的電鍋，年輕妻子傳承了母親炊事的藝術。

在作者眼中，女性內在自有一種通達於宇宙自然的潛能，流露於鍋鏟之間，也流動著無以名狀的感動。這節裡頭還有另外一個小故事，那就是作者一次在火車上，遇到一對年輕夫妻，他們拿了母親飼養、宰好的山雞，又不知如何處理，因而慷慨餽贈給作者。作者拿回家後，正好用大同電鍋以古法燉煮，在那個過程間，方才透徹地理解：「十人份的電鍋就是一種幸福。」那是一種咀嚼童年與維繫家人純粹情感的幸福。

第二小節「奉茶」，前面雖然用了一些篇幅談品茶與名茶，但其重點卻是在「奉」。這個「奉」的故事是社區旁的小公園，一日在涼亭中突然出現了「愛心茶」，鄰人紛紛臆測，究竟是因為道路工程而設置？還是選舉快到了？茶水早晚兩次，滾燙且始終沒有間斷，為都市生活加入了淡淡的閒情。後來，作者終於遇上了愛心茶的供應者，原來是公園對面愛心商店的殘障夫妻，用一碗粗淡的熱茶，洗滌、溫暖了眾人的塵心。這樣的粗茶所顯現的人間風味，恐怕既是餐廳中的假香片，也是冠軍茶所媲美不上的。

第三小節題為「世間美味」，其實前面兩節談的，就已經是某種的「世間美味」。這節裡，年輕的作者在月台上遇到一個以前的學生，回憶在研究所畢業後，曾經應徵到軍校教授國文課。這裡頭，總有一班同學上課漫不經心，或是頻頻瞌睡。深入瞭解後，才

知道他們午間經常被操練，沒法好好吃上一頓午飯，於是作者到營區外訂了三十個三明治，老闆還特地加了蛋，讓學生們體會到「世間美味」的溫情。據作者觀察，這些學生多半是弱勢的原住民，或來自不健全的家庭，成長過程中多半不受肯定，也有了輕易放棄的習慣。經過這樣一個事件後，學生們上課的情況不斷好轉，不僅國文，連其他的科目也是。儘管最後作者只教了一個學期便離開軍校，卻也由此體認了社會的無情與有情。

在《第九味‧後記》中，徐國能曾說：「因為這些回憶與期待，我總是希望能記下了漸被生活磨損的自己，以文字填補缺漏的生命。」寫作對他而言既是一種生命的填補，也是對世情種種溫潤的體察。他激賞辛棄疾「味無味處求吾樂」的詞句，也在飲饌之間，以他真心與古典精鍊的文字風格，為我們留下一幅幅人間寂靜、喧囂的彼刻。

 ## 延伸小知識：飲食文學

飲食文學的書寫是多面的，可以細述烹調過程，如親臨庖廚聞刀聲、油濺而感飢腸轆轆；可以旁及人間故事，敘述親情、友情、愛情和人事的變遷；也可以如張愛玲以食物為意象運用。飲食文化的形成和地質、天候、習俗、歷史等均有關連，飽學的美食家，往往會在酒足飯後、唇齒留香之際，揮筆細說從頭。

飲食文學是食譜，是文學，也是美學、歷史和人生哲學。無論是韓良露、方梓或王宣一，作家寫起飲食，多半是追尋細微的記憶與母親的味道，溫暖的過往情事，以飲食作為重建記憶的媒介，呈現百味雜陳的人生。2003年，焦桐主編了兩冊《台灣飲食文選》，蒐集從梁

實秋、吳魯芹、逯耀東、劉大任、張曉風、廖玉蕙、李昂、簡媜、周芬伶、方梓、韓良露、蔡珠兒、柯裕棻、徐國能等橫跨三代作家的飲食文章，飲食文學正式成為台灣文學的主流類型之一。

創意閱讀

　　人的身體依靠感官接受外界的刺激，包括眼睛的視覺、耳朵的聽覺、口腔的味覺、鼻子的嗅覺、皮膚的觸覺，再加上心裡的感覺，裝上了感官的雷達，就能無時無刻接收外界的訊息。由於這些感覺容易瞬間消逝，所以要透過重複體驗，比如多到外面走走、看看，聽大自然的聲音，增加生活經歷，才能使記憶深刻。

　　欣賞飲食文學不能不觀察它的感官摹寫，作者往往藉由視、聽、嗅、味、觸等身體感官，來觀察和體驗事物，然後書寫出來。可以運用一種感官來寫，也可以將五種感官混合著描寫，使文章的意象更為豐富。除了感官的表現，同時還要加上你的心靈之眼 —— 想像，才能看見作者背後的弦外之音，引起內心感受，內外呼應，才會產生共鳴。

引導寫作

　　本文〈飲饌之間〉是以食物為主角，來串起三個溫馨的小故事，這種手法叫作「狀物」。「狀」是描摹，就是以「物」作為寫作的主角，或把「物」當作媒介，藉著描摹「物」來寫人物或情、景，比如說唐代詩人羅隱的《蜂》：「不論平地與山尖，無限風光盡被占。採得百花成蜜後，為誰辛苦為誰甜？」就是藉著寫蜂、蜂

蜜，來抒發自己的心情。

　　作爲寫作主角的「物」，可分成無生命的物品（包括食物）和有生命的動、植物，寫法是從「物」的性質和特徵中，找出「物」內含的意義。但是，無論把「物」描寫得多仔細、多生動，最後還是要回歸到「人」的情感，述說人的故事，不能只有單純描述物的本身。就〈飲饌之間〉來說，食物帶給人們的意義，情感上的共鳴，才是文章的重心所在。

? 問題與討論

日期：＿＿＿＿＿＿＿＿

系級：＿＿＿＿＿＿＿　學號：＿＿＿＿＿＿＿　姓名：＿＿＿＿＿＿＿

題目：

1. 作者對母親送的「大同電鍋」，如何從感覺累贅，到變成「十人份的電鍋就是一種幸福」？

2. 本文〈飲饌之間〉第二節「奉茶」的焦點在「奉」，為什麼？

3. 在作者徐國能的筆下，小小的三明治何以成為「世間美味」？

練習想想看

　　請替你的味覺找出搭配的事物，並用譬喻法完整的描述感受。例如：酸酸甜甜的檸檬愛玉就像初戀的滋味，總讓人再三咀嚼、回味。

1. 海水味＋薯條，造句：＿＿＿＿＿＿＿＿＿＿＿＿＿

＿＿＿＿＿＿＿＿＿＿＿＿＿＿＿＿＿＿＿＿＿＿＿＿＿

＿＿＿＿＿＿＿＿＿＿＿＿＿＿＿＿＿＿＿＿＿＿＿＿＿

2. 焦香＋烤布蕾，造句：＿＿＿＿＿＿＿＿＿＿＿＿＿

＿＿＿＿＿＿＿＿＿＿＿＿＿＿＿＿＿＿＿＿＿＿＿＿＿

＿＿＿＿＿＿＿＿＿＿＿＿＿＿＿＿＿＿＿＿＿＿＿＿＿

3. 家的味道＋咖啡，造句：＿＿＿＿＿＿＿＿＿＿＿＿

＿＿＿＿＿＿＿＿＿＿＿＿＿＿＿＿＿＿＿＿＿＿＿＿＿

＿＿＿＿＿＿＿＿＿＿＿＿＿＿＿＿＿＿＿＿＿＿＿＿＿

4. 濃郁芬芳＋荔枝，造句：＿＿＿＿＿＿＿＿＿＿＿＿

＿＿＿＿＿＿＿＿＿＿＿＿＿＿＿＿＿＿＿＿＿＿＿＿＿

＿＿＿＿＿＿＿＿＿＿＿＿＿＿＿＿＿＿＿＿＿＿＿＿＿

練習寫寫看

　　請透過以下三個題目的要求，造出巧妙的句子，同時構思故事大綱。

一、**感官摹寫**：抓住食物的特徵，最有效的是用各種感官來描寫，以視
　　覺寫外觀、聽覺寫聲音、嗅覺寫氣味、味覺寫味道、觸覺寫觸感。
　　請先挑選一種食物，任選三種感官加以形容：

　　_____

　　_____

二、**把握關聯**：承上題，除了描繪食物的外表，最重要還是述說食物與
　　人的關係。請以上題你所選擇的食物為主，構想與食物相關的事件
　　大綱：

　　1. 開始：_____

　　　　_____

　　2. 經過：_____

　　　　_____

　　3. 結果：_____

　　　　_____

實作練習

日期：＿＿＿＿＿＿＿＿＿

系級：＿＿＿＿＿＿＿　學號：＿＿＿＿＿＿＿　姓名：＿＿＿＿＿＿＿

作文題目：最喜歡的食物

說明：食物是一種複雜工藝的結合，烹調一道菜、一杯飲料，甚至種植
　　　一種水果，都需要烹調者或栽種者運用各種巧思，兼顧色、香、
　　　味，才能取悅在餐桌旁等待的人。請問你最愛的食物是什麼？述
　　　說關於飲食的故事，字數約300字。

粽子的因緣

王瓊玲

寫作背景

　　王瓊玲，1959年出生於嘉義梅山，東吳大學中文所博士。曾任世新大學中文系創系系主任，現任國立中正大學中文系教授。專擅於古典小說、現代文藝、文學理論與批評、史傳文學等研究，著有《清代四大才學小說》、《古典小說縱論》、《野叟曝言作者夏敬渠年譜》、《野叟曝言研究》、《夏敬渠與野叟曝言考論》五部學術專著。2009年出版首部短篇小說集《美人尖：梅仔坑傳奇》，獲台灣豫劇團改編為建國百年大戲，發行簡體字版與英文版，海峽兩岸亦合拍電視連續劇。2011年出版短篇小說集《駝背漢與花姑娘：汗路傳奇》，其中〈阿惜姨〉被改編為豫劇《梅山春》，巡演海內外。2014年出版首部散文集《人間小小說》與長篇小說《一夜新娘》，為國內著名的學者與小說家。

　　本文選自《人間小小說》。文中描寫，作者多年前從天母搬到關渡，準備博士班入學考試時，有一次到一間美容院洗頭，遇上好心

的老闆娘以真性情相待，不但幫她按摩消除疲憊，還送上自己包的粽子祝福她「包中」。從此之後，作者與美容院老闆娘一家人有了深刻的互動與情份。她總利用前去洗頭的機會，督促老闆娘的四個小孩讀書，也陪伴他們成長。後來，作者到中正大學任教，老闆娘一家也改行賣起水果。一次偶然重逢，溫情仍在，天南地北聊著，粽子的香氣也彷彿依舊飄送，久久不去。整體來看，這篇充斥著嘻笑怒罵的〈粽子的因緣〉，不僅寫活了小人物們的生活情景，也喚回都市中早被遺忘的溫情。

 ## 原文閱讀

多年前，我從陽明山山腳下的天母，遷移到河海交界處的關渡。大都會中討生存的女子，孤獨面對「四維禮、義、廉」的建商、「兩眼都是錢」的裝潢師傅、以及「吃豆腐、兼偷喝洋酒」的搬家工人，真有無處說且說不完的憤怒。而等到鍋碗瓢盆都就定位、書籍簿本都上了架時，我早已全身癱軟，不是一個「累」字所能形容得了。

偏偏只剩一個月不到，我就要披上盔甲、執起戈矛，趕赴沙場去挑戰「博士班」的入學考了。

所以，那一年的夏天，太陽格外的狠毒，烤得我焦頭爛額、曬得我殺氣騰騰，活像《水滸傳》裡頭，賣人肉包子的孫二娘，揮舞著大刀，殺向人群一般。

端午節的前一天，是我農曆的生日，無奈既沒心情呼朋引伴慶祝，也無暇感傷歲月的飛逝。因為後天，後天呀後

天！就是決定我一生的大考日。

　　傍晚時，我從鏡子中，瞥見捧書苦讀的孫二娘，抹黑著兩圈熊貓眼不打緊；一頭亂髮，竟然比刺蝟、荊棘還張狂。雖然考試期間，可以六親不認、一切從簡。但是，面試時，用長相去嚇壞口試老師，也是件不道德的事。好吧！只好上美容院洗頭去！

　　我外號「王驢」，個性真的像笨驢，既提不起又放不下，明明丟下書本，瀟灑出門了；但拐了一個彎，還是繞進屋，挾走一本《中國文學史》。

　　隨隨便便拐進巷口，踏入一間家庭式的美髮屋，漫不經心地坐上高腳椅；洗髮精已在頭頂搓揉起千堆雪了，我兀自[1]手不釋卷，喃喃背誦《詩經》與《楚辭》的差異、「今文經」與「古文經」的區別......

　　唉！沒辦法，笨驢自知天生駑鈍，不敢稍稍鬆懈。何況，平日已不怎麼勤燒香了；考試前，怎敢不緊緊抱著佛腳不放！

　　「小姐！妳回家後，用熱呼呼的毛巾，輕輕敷在眼皮上。多敷幾遍，眼袋及目眶，就不會黑嚕嚕了。」身後來的嗓音，輕柔中帶有豪爽的傲氣。

　　我太了解自己目前的「尊容」了，不禁微微地嘆口氣，羞赧到無言以對。這時，她強而有勁的手指，開始在我耳旁兩側的太陽穴、頭頂正中央的百會穴、頸後大筋的風池

---

[1]　兀自：還是，尚自。兀，音ㄨˋ。

穴，不停地壓、揉、按、敲……按、敲、壓、揉……

　　一陣又一陣的酥麻酸軟，從頭頂間開始蔓延，一寸一寸地向四肢百骸開展；一個骨節接著一個骨節，悄悄打開了、慢慢放鬆了，漸漸地、漸漸地，我瞇上了眼睛，書本滑落地，都渾然不知。

　　「妳一定長時間很累，對不對？」

　　「恩！累斃了，累到天昏地暗、死去活來。」

　　接下去，她再說什麼話，我都沒聽到。因為，久違的周公，張開雙臂，擁我入懷了。

　　「好了，不能不沖水了。小姐，醒來吧！」是她溫柔體貼的語調。

　　我緩緩睜開眼，抬頭一望牆上的掛鐘。天呀！為了讓我沈睡，她足足按摩了四十多分鐘。

　　嘩啦啦的溫水，沖去我一頭的白雪、一身的疲憊。她大聲問：「有沒有舒服一點？」

　　「太好了！好到不得了！」我由衷地向她致謝。因為，這是我兩三個月以來，睡得最沉的一次。感覺通體舒泰，套句《老殘遊記》的話，就是：「五臟六腑裡，像熨斗熨過，無一處不伏貼；三萬六千個毛孔，像吃了人蔘果，無一個毛孔不暢快。」看來差點報廢的蓄電池又充滿電了。

　　不只腦袋瓜蓄滿了電；照一照鏡子，一頭吹整得烏黑柔亮的髮絲，徹徹底底打跑了面目可憎的孫二娘，我抬了抬下巴，側前轉後的，擺了好幾個美美的「Pose」，自認為：現在上台，不管是扮演沉魚的西施或落雁的昭君，都沒啥問題

了。

「一百塊錢！」她拒絕我多付任何一毛錢。

走出店門前，她急聲喊著：「等一等！」轉身進廚房，拿出一粒熱騰騰的粽子，拎著細繩遞給我：「我第一次包粽子，真難看，歪七扭八的。不嫌棄的話，妳就吃吃看！」她圓圓的臉，大大的眼睛，有少婦的豐腴，更有大姊姊的慈愛。

我感動得幾乎掉下淚來，在疲憊不堪的生日當天、在生死決戰的大考前夕，這顆粽子意義非凡啊！

放榜後，我親自登門致謝：「那天接過妳包的粽子，我就知道考上了。因為，送我『包粽』，就一定『包中』呀！」

她和憨厚的先生仍不改謙虛的本色，忙不迭地說：「是妳自己用功考上的，是妳自己用功考上的。」夫婦倆笑得合不攏嘴，真心為我高興。

從此，我成了他們家死忠的顧客，一星期固定報到一兩回。他們家的四個小孩，也都跟我混熟了。

混熟了，正是孩子們苦難的開始。孟子曰：「人之患，在好為人師。」我呀——就是那種大患在身、喜為人師的人。老三婷婷、老么群群，一個讀小三，一個念小一，我慷慨激昂地說：「背誦詩文，應從『童功』的基礎打起，古聖先賢、文壇大師，都是這麼製造出來的。」說完，就立下規矩，嚴令小姊弟每週要背誦三四首唐詩，星期天我去洗頭時，順便一一驗收。

從此，小姊弟不敢貪睡，天天黎明即起，捧著書本，緊張兮兮背個沒完。而我呢！嘿！一邊洗頭、喝高山茶，一邊閉眼享受大姊或大姊夫舒舒服服的按摩；再豎直耳朵，嚴格監聽小姊弟的默讀，過足了女夫子的癮。

　　沒錯，當然要有獎品的，但誰說重賞之下才有勇夫？小氣巴拉的女夫子，只用薄薄的幾張貼紙、一兩個可愛的瓷娃娃，就硬將一首首唐詩、宋詞，騙進姊弟倆小小的腦袋瓜了！

　　老大雯雯就讀美髮職校，「長姊如母」的她，絕對沒辜負這句成言。有一次，我問起她半工半讀、學習美髮的甘苦。她笑瞇瞇地說：「阿姨，我一邊讀書一邊學手藝，一點都不苦。您知道嗎？我媽媽小學畢業的第四五天，就被拉去當學徒，一站就是十幾個小時；兩手被劣質的洗髮精，浸泡到像乾枯枯的稻草、裂斑斑的龜殼。洗頭、剪髮、冷熱燙、髮型設計，當然要跟老闆娘學！但是，掃地、煮飯、洗尿布、帶小孩，也要替老闆娘做。亂吭[2]一聲、亂回一句；起床太晚、小孩尿布疹，彈指神功就擰得眼皮又紅又腫。才十三歲的小女孩耶！」

　　「哼！這沒良心的老闆娘，簡直是惡毒的母夜叉，你媽一定恨死她囉？」

　　「哈哈！錯！大錯！她們感情好得像母女。我媽到現在都還感謝她，說她那老闆娘教得好、磨得妙，訓練得呱呱

---

2 吭：音ㄎㄥ。發出聲音。

叫。」

　　我想起大姊那一顆香噴噴的粽子、兩隻打敗孫二娘的巧手，四個樸實認真的好兒女，不禁深深點了好幾個頭。

　　沒錯，三頭六臂的能耐，往往是胼手胝足[3]換來的。而現在，孝順貼心又刻苦耐勞的雯雯，早已考取國家級專業證照；且多番進修之後，擔任國際美髮器材公司的技術講師去了。

　　讀高中的馨馨，排行第二。說甚麼少女會青春叛逆？在她身上，我只看到乖巧伶俐。她小小年紀，不只是算數十級的高手，還是爸媽的好助理：洗頭的客人來得多了，她一定捲起袖子幫忙。我喜歡她生澀中帶著剛強的手勁，更喜歡她對文學不悔的執著。「口沫橫飛」——頭上的泡沫與暢談文藝的口水齊飛，是我們最快樂的寫照。

　　後來，她考上了大學中文系；現在，已是關渡國中美麗又盡責的實習老師。

　　當年洗頭時，我問過她：「妳們李家的小孩，怎麼都不會長犄角、鬧叛逆？」

　　她微微一笑：「爸媽每天早上八點營業，晚上九點才拉下鐵門，整理好店務、家事，已將近半夜了。假日，還會帶我們學游泳、騎鐵馬、爬山摘果的。我們一舉一動，都在他們的眼皮下。就是有天大的本事，也搞不了怪。而且，只

3　胼手胝足：手掌腳底因勞動過度，皮膚久受摩擦而產生厚繭。形容極為辛勞。胼，音ㄆㄧㄢˊ。胝，音ㄓ。

要哪一個稍稍『突槌』、鬧彆扭，媽媽就會放下工作，帶去『愛的小路』散步開導哩！」

「哦！『愛的小路』！在哪裡？沒聽過。」

「哈！就是水鳥公園前面，新開的馬路嘛！」

嗯！是那條林蔭大道呀！蟲鳴鳥叫的，果然是適合慈母教子的好場地。看來帶孩子到「愛的小路」散步，絕對比用「愛的小手」打手心，有用多了。

馨馨又說：「有一次，爸爸開車送我去學校註冊。繳費時，他從口袋掏出一大疊現鈔，一張彈算過一張，仔仔細細地數，來回幾遍；再把十幾萬的住宿費、註冊費、伙食費、書籍費，遞進銀行窗口。我站在旁邊靜靜地看，心想：一學期就花掉十來萬，十來萬！洗一個頭一百塊，他們足足要洗上一千多個頭……弟妹也在唸書，爸媽要洗幾千個頭呀？」

她聲音低低的，不讓父母聽見；更不讓他們看到她濕潤的眼眶……

我有習慣性的「腰部急性肌肉拉傷」。有一天，又嚴重地閃到腰。歪斜著身子，拖呀拖著九十幾歲的步伐，拐進他們的店，爬上高腳椅及躺下沖水座時，我都痛得唉唉大叫。

大姊問：「怎麼搞得這麼狼狽？」

我苦著臉道：「沒辦法，腰太細了嘛！早上起床打個噴嚏，就中獎了。」

大家哈哈大笑；我則是笑中帶淚。唉！根據豐富的經

驗，這一閃腰，不痛十天半個月是不會好的。

　　我再拐呀拐，顛呀顛地，踩著布袋戲「秘雕」的特殊步伐回家去。不久，電鈴響了。原來，這對古道熱腸的夫婦，已開車去買好護腰帶，叫小婷婷送上門來了。

　　他們辛辛苦苦，一百兩百慢慢捻積著，既投資四個孩子的未來，也在新竹買下一大塊山坡地，種植水果。每年秋季，柑橘大豐收，來洗頭的客人，都會順便買走一大袋。清晨喧鬧的早市、日落前的黃昏市場、甚至每週兩回的夜市，大姊夫也都去擺攤位。假日時，婷婷、群群小姊弟，也都在一旁幫忙秤重及找零。

　　水果攤生意太好了，他們加買一些蔬菜；試驗成功後，再加買幾種魚鮮、生肉……小心翼翼地，一步一腳印、步步穩紮穩打。最後，做了徹底的轉業──收了美髮屋。只因從事美髮三十多年，大姊夫不忍老婆繼續操勞下去了。

　　但是，自從他們改行之後，披頭亂髮、殺氣騰騰的孫二娘，又時常出現在關渡街頭了……唉！知心者稀，知頭知髮者，更難覓啊！

　　我換到中正大學任教後，南北奔跑，好久好久沒空去他們家喝茶聊天了。有一天，我看到一位亭亭玉立的少女，幫著住在對門手肘脫臼、不能提重物的太太，拎著一大袋的蔬菜回家。仔細一看，呵！竟然是我疼愛的小婷婷。女大十八變，都讀大一了，也比我高了。還是那麼貼心、乖巧。

　　我問她：「爸媽好嗎？忙不忙？」

　　「謝謝王阿姨，爸媽都很好，天天忙得團團轉。」

「哦！怎麼個忙法？」

「每天凌晨兩點就起床，開車去三重、五股，採辦當天要賣的蔬果魚肉。六點多就擺好一車的菜攤，客人一來，就忙到幾乎不能吃早餐。一直到中午過後，才能稍微休息。星期一果菜市場公休，他們一大早就去新竹果園，又是除草、又是摘果的，忙到天黑才回來呢！」

「群群呢？幾年級了？」

「嘿！群群才高一就長到一百八十幾了。他最臭屁了。我媽對著客人說他長得帥，他立刻回嘴說：『別讚美自己啦！因為我像妳，妳才這麼說的！』阿姨，到我家來看看嘛！您一定認不得他了。」

隔天一早，我真的就彎進巷子，找他們聊天去。發財車就是他們的菜攤子，滿滿的生鮮食物。客人來來又去去，拎走一家又一家三餐的美味。不急著趕時間，挑挑秤秤後，就走進客廳，燒開水、泡起烏龍，甚至唱起卡拉OK。主人忙主人的，偶爾進來打聲招呼；客人則自顧自喝茶、嗑瓜子、剝水果兼聊天，比在自己家裡還自在、舒服。

馨馨向我介紹很多鄉親，有保一隊漂亮的女警官，穿著便服涼鞋，笑嘻嘻地來買菜。有大學的教授，夫妻倆抱著兩個月大的孫兒出來曬點冬陽。大家圍著紅潤潤的小生命，又是讚美又是愛憐，婆婆媽媽們趁機提供了不少的育兒經。

馨馨去房間叫醒賴床的群群，睡眼惺忪的大男孩，一聽「教授阿姨來了！」嚇得翻身一咕嚕就爬起來，問：「是不是又要叫我背唐詩了？」這一問，惹來整屋子的笑聲。

閒談中，有人調侃大姊夫：「這年頭景氣差，沒人敢多生小孩，只有你們倆最大膽了。一口氣連生四個，注定一世拖磨受苦呦！」

　　「嗨！我才不怕咧！每個禮拜去山上的果園，彎下腰好好除草、施肥、澆水，頭一抬，果樹就一天天長大；果子也會從一丁點，大到一整拳。賣掉果子，我孩子們的註冊費、生活費，就有了。我當然敢生又敢養囉！」大姊夫一臉的欣慰與得意。

　　「那——要不要再多生幾個？我當老么當得煩死了！」小兒子促狹的開老爸玩笑。

　　大姊一聽，追進門來作勢打群群。一屋子又響起哈哈的大笑聲。

　　笑笑鬧鬧中，我隱隱約約聞到粽子飄送的香氣，從十幾年前酷熱的端午前夕，飄呀飄，飄到現在冬陽暖暖的清晨；從家庭美髮屋的小小廚房，飄散到發財車上的滿滿果菜……我耳畔彷彿再響起熟悉的聲音，溫柔中帶有俠情：「我第一次包粽子，真難看，歪七扭八的。不嫌棄的話，妳就吃吃看！」

　　那粒粽子呀！我品味十多年了。沒有山珍海味的奢華繁瑣，卻有竹葉、糯米、棉繩，緊緊包裹的純厚與紮實。

　　一縷縷、一陣陣的粽香，盈滿我心，也盈滿了淡水河畔的小小巷弄。

　　作爲台灣知名的古典小說研究者，王瓊玲在從事學術研究多年後，發現生命的提升終究仍得仰賴於活水般的文學創作，於是她回頭來，透過文字的織譜，試圖爲所經歷的時代留下見證，也爲台灣的社會事件與小人物留下足跡。

　　近年來，她積極以小說來書寫故鄉梅山，同時，也以散文載錄在關渡生活的日常瑣事。出版於2014年的《人間小小說》雖然名爲「小小說」，實際上卻以其率眞之眼觀看大千世界，寫出直抒胸臆的眞切散文。書中，作者總是有意地透過大量的對話，以及具象、鮮明的修辭，在嬉笑怒罵、活靈活現的文字表現中，織譜鄉間人物的歡笑與悲憫。

　　作爲《人間小小說》中具代表性的作品，〈粽子的因緣〉可說是其熱血書寫的最好實踐。在文章的開頭，熟稔於古典小說的作者，即以《水滸傳》中孫二娘的形象登場，描寫自己剛忙完搬家大事、又面臨博士班考試，在狼狽之中好不容易趁空上了美容院，卻還不忘抱佛腳的讀起書來。

　　面對眼前這位累到動彈不得的姑娘，美容院老闆娘使盡渾身力氣的洗頭、按摩，不僅送上自己包的粽子，還堅持不肯多收錢，這樣的小人物典型，成爲本文最重要的核心。「因緣」結下後，作者每週固定上門報到一兩回，又與老闆娘的四個孩子結下另一層的「因緣」：她督促孩子們唸書，趁機將文學的養分送進他們的腦袋、薰陶他們的心靈。後來，老闆娘的二女兒也眞的追隨其步伐，念起中文系來。

　　在作者的筆下，美容院老闆娘一家人勤奮努力，雖然夫妻忙

碌，但他們的四個孩子卻頗能自律，努力上進，在父母以身作則的帶領下，各有各的精彩發展。美容院的生意結束後，這家人又將發財車變成菜攤子，做起鄰居間的小生意來。只是，他們賣的不僅是菜與水果，同時也是鄉下人的溫情。在他們家中，經常見到客人來來去去，還經常留下來泡茶、唱歌、聊天，儼然成了小社區的聚會處所。

作者與這家人的情分，從一粒窩心的粽子，到成為知心好友，這之中「沒有山珍海味的奢華繁瑣，卻有竹葉、糯米、棉繩，緊緊包裹的純厚與紮實」，正是這份純樸與厚實，讓粽子香溫暖了人心，也提醒了我們：人間處處有溫情。

延伸小知識：粽子「包中」

戰國時楚國大夫屈原，忠心愛國，曾多次上書給楚王闡述國事，無奈楚王卻聽信小人，疏遠屈原。屈原感懷國事不振，而投汨羅江自盡。傳說鄉民在屈原投江後，生怕屈原的身體被魚蝦吃掉，想使其身軀完整，所以用竹筒裝好米食投入江中，後逐漸變成用竹籜[4]、竹葉包好，再投入江裡。後來粽料中除了糯米外，還加入豬肉、花生、鹹蛋等內餡，演變成現代的「粽子」。

粽子又稱「角黍」，俗諺說，「食過五月粽，寒衣收入槓」，又說，「未食五月粽，寒衣不敢送」，只要粽子出現，歲序便真正轉入夏季了，氣候不再寒冷，人們的生活步調自然也應該有所調整，與節氣相適應。到了今日，人們又賦予包粽子新的意義，每年的農曆

4　籜：音ㄊㄨㄛˋ，竹皮、筍殼。

五月，是接近各類升學考試的時間，包粽諧音「包中」，象徵「上榜」，粽子就成為祈求考試成功的象徵，在本文中成就了作者與美髮店老闆娘一家人的因緣。

創意閱讀

本文〈粽子的因緣〉題目為粽子，寫的卻是透過粽子串起了人與人之間的情誼，雖然是散文，不過撰寫的手法有如小說一般有聲、有色、有畫面感覺，有情節故事，的確像是一篇「小小說」。我們也可以運用這樣的「故事力」，讓文章變得更吸引人注意。

故事力，是一種親切、生動、有吸引力的寫作方法。作文，其實很重視「故事」的表達，有時我們遇到的作文題目，必須書寫生活以外的經歷，倘若缺乏相關經歷怎麼辦？這時就應該將每一篇作文都當成故事來寫，發揮想像力，適當的虛構內容。

只要透過簡單的訓練，就能寫出故事力。比如「描寫畫面」時，在腦海中先有一幅圖像，然後用文字將畫面仔細描繪出來。又如「擴大聯想」，比如先有一句話：「粽子的因緣」，讓它成為文章的主旨，根據它編寫故事，將思維從中心往外擴大聯想。或者讓「故事中有故事」，在故事中編進另一個相關的小故事，可使文章增加精采度。

引導寫作

每一篇文章，其實都源自於所見所聞而來，作家透過精緻的剪裁，將生活的許多片段，依照其重要性與獨特性來排列層次，拼貼

成一篇令人難忘的文章。〈粽子的因緣〉就是一篇極佳的例子，作者以「粽子」起始，串連了五個相關的生活片段，這種連綴式的寫法，擷取了生活中最具代表性的部份，而兼顧了故事的完整性。

　　文章就是一幅「生活」的拼貼畫，作者以文字為膠，黏合了大大小小的生活片段與回憶，在揮灑想像之餘，同時需要適當的剪裁跟組織，才能從眾多的材料中披沙揀金，挑選最精采的部份組織成文。就像拼貼的圖畫，雖然由不同的色塊拼湊而成，但放在一起又具有完整性，關鍵就在於「剪裁」的技巧。

　　剪裁首重「有順序」，將寫作材料分出主次和先後順序，才是經過設計的作法。其次是要「有新意」，在眾多生活的回憶中，應該選出最有特點的來寫。最後要「有中心」，將所有材料圍繞著主旨來發揮，才不至於偏離主題。

? 問題與討論

日期：＿＿＿＿＿＿＿

系級：＿＿＿＿＿＿＿　　學號：＿＿＿＿＿＿＿　　姓名：＿＿＿＿＿＿＿

題目：

1. 本文由一顆粽子，串起作者與美容院老闆娘一家的「因緣」，帶給你什麼啟示？

2. 讀了本文〈粽子的因緣〉，可知作者以怎樣的態度看待人間瑣事？

3. 本文用許多自嘲的寫法製造幽默的「笑果」，試舉例說明。

練習想想看

　　透過技巧的拿捏，我們就能培養寫故事的能力。以下，試著用想像力來編故事。

1. 描寫畫面：用想像力在心中創造圖像，而後用文字將其接續寫作。
　　材料：看著街道上從容行走的人們，忽然天色變黑了，一張廣告傳單飛到你面前……

---

2. 故事中有故事：描述事件時，編進一個相關的小故事，再將主要的事件說完。請根據材料，寫成一個「故事中有故事」的短文。
　　材料：主角在街上玩火燒樹葉，結果被燒傷了，也將身旁的樹木燒壞了部分，後來主角的老師說了一個故事激勵他。

請沿虛線剪下

練習寫寫看

一、有「順序」：請參考指定的題目，從下列材料中選出三個詞語，撰寫一則小短文。

題目：上學途中

材料：擲飛盤、親子在公園玩耍、漱口、扶老太太過馬路、教室一片安靜

_____

二、有「新意」：以下哪個選項的描寫最有新意？請以「鉛筆」為題，另外寫一段有新意的文字。

1. 我手中的筆是海面漂流的木頭，披著樹皮的原木鉛筆，在畫紙上天馬行空的任意遨遊。

2. 我手中的筆是原木材質的，有濃濃的木頭香氣，是我素描時專用的筆。

答：_____最有新意。

3. _____

三、有「中心」：請寫出下面這段文字的「主旨」。

材料：瘦弱的毛蟲被漂亮的麻雀小姐發現了，連忙哀求：「請不要吃我，我可以指出同伴的住處，它們比我還要肥美！」麻雀小姐回答：「不必了，我正在減肥。」說完，就將毛蟲一口吃掉。

主旨是：_____

實作練習

日期：＿＿＿＿＿＿＿＿＿

系級：＿＿＿＿＿＿＿　學號：＿＿＿＿＿＿＿　姓名：＿＿＿＿＿＿＿

作文題目：小人物

說明：社會上有許多平凡的小人物，他們平常在社會的各個角落辛勤工作，用心生活，可能化身為你的朋友、親人、同學或鄰居，也可能是個陌生人或某個族群。你從小人物的身上看見什麼？有什麼體悟？請撰寫一篇文章，字數約300字。

我的四個假想敵

余光中

寫作背景

　　余光中，1928年生於江蘇南京，現任國立中山大學外文系榮譽退休教授。曾任國立中山大學文學院院長、香港中文大學聯合書院中文系系主任、美國西密西根州立大學英文系副教授。1954年與覃子豪、鐘鼎文、夏菁、鄧禹平等人共同創立「藍星詩社」，重視自由創作與鄉土文化，強調「縱的繼承」，與紀弦「現代詩社」所主張「橫的移植」，形成強烈的對比。兼擅新詩、散文，旁及評論、翻譯等多種文類，作品入選多種中小學、大學教科書。曾獲國家文藝獎、吳三連散文獎、吳魯芹散文獎、霍英東成就獎、華語文學傳媒大獎散文家獎等。著有散文《左手的謬斯》、《記憶像鐵軌一樣長》、《聽聽那冷雨》、《望鄉的牧神》、《日不落家》、《青銅一夢》；新詩《蓮的聯想》、《五陵少年》、《白玉苦瓜》、《天狼星》、《隔水觀音》；評論集《掌上雨》、《分水嶺上》、《從徐霞客到梵谷》等五十餘種。

本文選自散文集《記憶像鐵軌一樣長》，作者以為人父的心情與立場，描寫家中的四個女兒——珊珊、幼珊、佩珊、季珊——逐漸被時光的魔杖點化成少女，也開始有追求者密集出現。作者想像，有四位少年——即四個「假想敵」，正以書信、電話、登門拜訪等方式，竭盡所能的「攻城掠地」，妄想成為「乘龍快婿」。這些假想敵到底何時入侵，已不可考，只知道他們要是真的闖了進來，成了有血有肉的真敵人，也就印證女兒正如「將熟之瓜」，即將「蒂落而去」，身為人父的複雜心情，也正糾結於此，難以開懷。文中作者大量運用成語、典故等鮮明的修辭，加上詼諧、戲謔的筆法，層層鋪展、細密道來，將身為父親的心情，描繪得鞭辟入裡。文章題為「我的四個假想敵」，所謂「假想」既是想像、虛構，也就多了許多遨遊、開展的空間，因而能夠演繹出一場絕妙而深刻的想像。

原文閱讀

　　二女幼珊在港參加僑生聯考，以第一志願分發台大外文系。聽到這消息，我鬆了一口氣，從此不必擔心四個女兒通通嫁給廣東男孩了。

　　我對廣東男孩當然並無偏見，在港六年，我班上也有好些可愛的廣東少年，頗討老師的歡心，但是要我把四個女兒全都讓那些「靚仔」、「叻仔」擄掠了去，卻捨不得。不過，女兒要嫁誰，說得灑脫些，是她們的自由意志，說得玄妙些呢，是因緣，做父親的又何必患得患失呢？何況在這件事上，做母親的往往位居要衝，自然而然成了女兒的親密顧

問，甚至親密戰友，作戰的對象不是男友，卻是父親。等到做父親的驚醒過來，早已腹背受敵，難挽大勢了。

在父親的眼裡，女兒最可愛的時候是在十歲以前，因為那時她完全屬於自己。在男友的眼裡，她最可愛的時候卻在十七歲以後，因為這時她正像畢業班的學生，已經一心向外了。父親和男友，先天上就有矛盾。對父親來說，世界上沒有東西比稚齡的女兒更完美的了，唯一的缺點就是會長大，除非你用急凍術把她久藏，不過這恐怕是違法的，而且她的男友遲早會騎了駿馬或摩托車來，把她吻醒。

我未用太空艙的凍眠術，一任時光催迫，日月輪轉，再揉眼時，怎麼四個女兒都已依次長大，昔日的童話之門砰地一關，再也回不去了。四個女兒，依次是珊珊、幼珊、佩珊、季珊。簡直可以排成一條珊瑚礁。珊珊十二歲的那年，有一次，未滿九歲的佩珊忽然對來訪的客人說：「喂，告訴你，我姐姐是一個少女了！」在座的大人全笑了起來。

曾幾何時，惹笑的佩珊自己，甚至最幼稚的季珊，也都在時光的魔杖下，點化成「少女」了。冥冥之中，有四個「少男」正偷偷襲來，雖然躡手躡足，屏聲止息，我卻感到背後有四雙眼睛，像所有的壞男孩那樣，目光灼灼，心存不軌，只等時機一到，便會站到亮處，裝出偽善的笑容，叫我岳父。

我當然不會應他。哪有這麼容易的事！我像一棵果樹，天長地久在這裡立了多年，風霜雨露，樣樣有份，換來果實

纍纍，不勝負荷。而你，偶爾過路的小子，竟然一伸手就來摘果子，活該蟠[1]地的樹根絆你一跤！

　　而最可惱的，卻是樹上的果子，竟有自動落入行人手中的樣子。樹怪行人不該擅自來摘果子，行人卻說是果子剛好掉下來，給他接著罷了。這種事，總是裡應外合才成功的。當初我自己結婚，不也是有一位少女開門揖盜[2]嗎？「堡壘最容易從內部攻破」，說得真是不錯。不過彼一時也，此一時也。同一個人，過街時討厭汽車，開車時卻討厭行人。現在是輪到我來開車。

　　好多年來，我已經習於和五個女人為伍，浴室裡彌漫著香皂和香水氣味，沙發上散置皮包和髮卷，餐桌上沒有人和我爭酒，都是天經地義的事。戲稱吾廬為「女生宿舍」，也已經很久了。做了「女生宿舍」的舍監，自然不歡迎陌生的男客，尤其是別有用心的一類。但自己轄下的女生，尤其是前面的三位，已有「不穩」的現象，卻令我想起葉慈的一句詩：

　　一切已崩潰，失去重心。

　　我的四個假想敵，不論是高是矮，是胖是瘦，是學醫還是學文，遲早會從我疑懼的迷霧裡顯出原形，一一走上前

1　蟠：音ㄆㄢˊ。盤伏、盤曲。
2　開門揖盜：揖，音一，請。開門揖盜比喻引進壞人，自招禍患。

來，或迂迴曲折，囁嚅[3]其詞，或開門見山，大言不慚，總之要把他的情人，也就是我的女兒，對不起，從此領去。無形的敵人最可怕，何況我在亮處，他在暗裡，又有我家的「內奸」接應，真是防不勝防。只怪當初沒有把四個女兒及時冷藏，使時間不能拐騙，社會也無由污染。現在她們都已大了，回不了頭。我那四個假想敵，那四個鬼鬼祟祟的地下工作者，也都已羽毛豐滿，什麼力量都阻止不了他們了。先下手為強，這件事，該趁那四個假想敵還在襁褓的時候，就予以解決的。至少美國詩人納許（Ogden Nash, 1902-1971）勸我們如此。他在一首妙詩《由女嬰之父來唱的歌》（*Song to be Sung by the Father of Infant Female Children*）之中，說他生了女兒吉兒之後，惴惴不安[4]，感到不知什麼地方正有個男嬰也在長大，現在雖然還渾渾噩噩，口吐白沫，卻注定將來會搶走他的吉兒。於是做父親的每次在公園裡看見嬰兒車中的男嬰，都不由神色一變，暗暗想：「會不會是這傢伙？」

想著想著，他「殺機陡萌」，便要解開那男嬰身上的別針，朝他的爽身粉裡撒胡椒粉，把鹽撒進他的奶瓶，把沙撒進他的菠菜汁，再扔頭悠游的鱷魚到他的嬰兒車裡陪他遊戲，逼他在水深火熱之中掙扎而去，去娶別人的女兒。足見詩人以未來的女婿為假想敵，早已有了前例。

3　囁嚅：音ㄋㄧㄝˋㄖㄨˊ。有話想說又不敢說，吞吞吐吐的樣子。
4　惴惴不安：因恐懼擔憂而心神不定。惴，音ㄓㄨㄟˋ。

不過一切都太遲了。當初沒有當機立斷，採取非常措施，像納許詩中所說的那樣，真是一大失策。如今的局面，套一句史書上常見的話，已經是「寇入深矣！」女兒的牆上和書桌的玻璃墊下，以前的海報和剪報之類，還是披頭，拜絲，大衛，凱西弟的形象，現在紛紛都換上男友了。至少，灘頭陣地已經被入侵的軍隊占領了去，這一仗是必敗的了。記得我們小時，這一類的照片仍被列為機密要件，不是藏在枕頭套裡，貼著夢境，便是夾在書堆深處，偶爾翻出來神往一翻，哪有這麼二十四小時眼前供奉的？

　　這一批形跡可疑的假想敵，究竟是哪年哪月開始入侵廈門街余宅的，已經不可考了。只記得六年前遷港之后，攻城的軍事便換了一批口操粵語少年來接手。至於交戰的細節，就得問名義上是守城的那幾個女將，我這位「昏君」是再也搞不清的了。只知道敵方的炮火，起先是瞄準我家的信箱，那些歪歪斜斜的筆跡，久了也能猜個七分；繼而是集中在我家的電話，「落彈點」就在我書桌的背後，我的文苑就是他們的沙場，一夜之間，總有十幾次腦震蕩。那些粵音平上去入，有九聲之多，也令我難以研判敵情。現在我帶幼珊回了廈門街，那頭的廣東部隊輪到我太太去抵擋，我在這頭，只要留意台灣健兒，任務就輕鬆多了。

　　信箱被襲，只如戰爭的默片，還不打緊。其實我寧可多情的少年勤寫情書，那樣至少可以練習作文，不致在視聽教育的時代荒廢了中文。可怕的還是電話中彈，那一串串警告的鈴聲，把戰場從門外的信箱擴至書房的腹地，默片變成

了身歷其聲，假想敵在實彈射擊了。更可怕的，卻是假想敵真的闖進了城來，成了有血有肉的真敵人，不再是假想了好玩的了，就像軍事演習到中途，忽然真的打起來了一樣。真敵人是看得出來的。在某一女兒的接應之下，他占領了沙發的一角，從此兩人呢喃細語。囁嚅密談，即使脈脈相對的時候，那氣氛也濃得化不開，窒得全家人都透不過氣來。這時幾個姐妹早已迴避得遠遠的了，任誰都看得出情況有異。萬一敵人留下來吃飯，那空氣就更為緊張，好像擺好姿勢，面對照相機一般。平時鴨塘一般的餐桌，四姐妹這時像在演啞劇，連筷子和調羹都似乎得到了消息，忽然小心翼翼起來。明知這僭越的小子未必就是真命女婿，（誰曉得寶貝女兒現在是十八變中的第幾變呢？）心裡卻不由自主升起一股淡淡的敵意。也明知女兒正如將熟之瓜，終有一天會蒂落而去，卻希望不是隨眼前這自負的小子。

　　當然，四個女兒也自有不乖的時候，在惱怒的心情下，我就恨不得四個假想敵趕快出現，把她們統統帶走。但是那一天真要來到時，我一定又會懊悔不已。我能夠想像，人生的兩大寂寞，一是退休之日，一是最小的孩子終於也結婚之後。宋淇有一天對我說：「真羨慕你的女兒全在身邊！」真的嗎？至少目前我並不覺得，自己有什麼可羨之處。也許真要等到最小的季珊也跟著假想敵度蜜月去了，才會和我存並坐在空空的長沙發上，翻閱她們小時相簿，追憶從前，六人一車長途壯遊的盛況，或是晚餐桌上，熱氣蒸騰，大家共享的燦爛燈光。人生有許多事情，正如船後的波紋，總要過後

才覺得美的。這麼一想，又希望那四個假想敵，那四個生手笨腳的小伙子，還是多吃幾口閉門羹，慢一點出現吧。

　　袁枚寫詩，把生女兒說成「情疑中副車」，這書袋掉得很有意思，卻也流露了重男輕女的封建意識。照袁枚的說法，我是連中了四次副車，命中率夠高的了。余宅的四個小女孩現在變成了四個小婦人，在假想敵環伺之下，若問我擇婿有何條件，一時倒恐怕答不上來。沉吟半晌，我也許會說：「這件事情，上有月下老人的婚姻譜，誰也不能竄改，包括韋固[5]，下有兩個海誓山盟的情人，『二人同心，其利斷金』，我憑什麼要逆天拂人，梗在中間？何況終身大事，神秘莫測，事先無法推理，事後不能悔棋，就算交給21世紀的電腦，恐怕也算不出什麼或然率來。倒不如故示慷慨，偽作輕鬆，搏一個開明父親的美名，到時候帶顆私章，去做主婚人就是了。」

　　問的人笑了起來，指著我說：「什麼叫做『偽作輕鬆』？可見你心裡並不輕鬆。」

　　我當然不很輕鬆，否則就不是她們的父親了。例如人種的問題，就很令人煩惱。萬一女兒發痴，愛上一個聳肩攤手口香糖嚼個不停的小怪人，該怎麼辦呢？在理性上，我願意「有婿無類」，做一個大大方方的世界公民。但是在感情上，還沒有大方到讓一個臂毛如猿的小伙子把我的女兒抱過

5　韋固：為唐朝文學家李復言所著的《續玄怪錄・訂婚店》中的男主角，主要講韋固遇到月下老人牽紅線，後與相州刺史王泰之女結為連理的故事。

門檻。

　　現在當然不再是「嚴夷夏之防」的時代，但是一任單純的家庭擴充成一個小型的聯合國，也大可不必。問的人又笑了，問我可曾聽說混血兒的聰明超乎常人。我說：「聽過，但是我不希罕抱一個天才的『混血孫』。我不要一個天才兒童叫我Grandpa，我要他叫我外公。」

　　問的人不肯罷休：「那麼省籍呢？」

　　「省籍無所謂，」我說。「我就是蘇閩聯姻的結果，還不壞吧？當初我母親從福建寫信回武進，說當地有人向她求婚。娘家大驚小怪，說『那麼遠！怎麼就嫁給南蠻！』後來娘家發現，除了言語不通之外，這位閩南姑爺並無可疑之處。這幾年，廣東男孩鍥而不捨，對我家的壓力很大，有一天閩粵結成了秦晉，我也不會感到意外。如果有個台灣少年特別巴結我，其志又不在跟我談文論詩，我也不會怎麼為難他的。至於其他各省，從黑龍江直到雲南，口操各種方言的少年，只要我女兒不嫌他，我自然也歡迎。」

　　「那麼學識呢？」

　　「學什麼都可以。也不一定要是學者，學者往往不是好女婿，更不是好丈夫。只有一點：中文必須精通。中文不通，將禍延吾孫！」

　　客又笑了。「相貌重不重要？」他再問。

　　「你真是迂闊之至！」這次輪到我發笑了。「這種事，我女兒自己會注意，怎麼會要我來操心？」

　　笨客還想問下去，忽然門鈴響起。我起身去開大門，發

現長髮亂處，又一個假想敵來掠余宅。

品味鑑賞

　　余光中曾稱詩、散文、評論、翻譯為其「四度空間」，又稱自己「左手寫散文，右手寫新詩。」可見在四種文體中，詩與散文更為其所鍾愛。本文以「二女兒幼珊在港參加僑生聯考，以第一志願分發台灣外文系。聽到這消息，我鬆了一口氣，從此不必擔心四個女兒通通嫁給廣東男孩了。」作為起始，點出家中的四個女兒都已長大，為人父的，也開始擔憂她們在身邊的日子已經不久，因此不免感嘆：「女兒最可愛的時候是在十歲以前，因為那時她完全屬於自己。」等到她們十七歲後，就「已經一心向外了」。

　　在作者的筆下，父親與女兒的男友們天生就處於一種敵對關係，他將自己比喻成一棵果樹，四個女兒即是結實纍纍的果子。果樹天長地久、風霜雨露的守護果實，到頭來卻便宜了偶而路過的行人──四個假想敵。戰情告急，女兒開始「不穩」就罷了，可是連老婆都成了女兒的「親密顧問」、「親密戰友」，準備大開城門讓假想敵進來，做父親的，自然更加感到無奈和孤獨。

　　文中，作者引用美國詩人納許（Ogden Nash, 1902-1971）的詩句，生動描繪父親對女兒頑強的愛，恨不得趁「假想敵」尚未成人，便除之而後快。但另一方面，女兒確實長大了，面對找尋未來歸宿的「戰事」，身為父親的自然得謹慎為之。在後段，作者以笨客的口吻，詢問父親對女兒擇偶的要求，而他「偽作輕鬆」的態度，則點出身為父親，雖然在理性與感性間的失落中拉扯，最後還

是願意尊重女兒自己的選擇。

　　這篇文章的開展，緊緊扣著「假想敵」三個字，透過大量精妙的修辭與詼諧風趣的筆法，用想像演繹戰事，以幽默蘊含深情。在嘻笑怒罵之間，點出父親面對女兒羽翼成長，即將離開自己身邊時的那種欣慰、嫉妒、寂寞的複雜心情，令人深深爲其所動容。

 延伸小知識：情疑中副車

　　西元前218年，秦始皇東游抵達博浪沙（今河南原陽東南）的地界，車隊正行進間，忽然一隻大鐵椎從天而降，「碰」地一聲打中了隨行副車，將之砸得粉碎，而秦始皇就坐在它前面的車上。這個擲鐵椎刺秦王事件的策劃者，就是後來成為劉邦軍師的張良。

　　張良出身於韓國的望族，在秦滅韓後，張良為了替國家報仇，弟弟死了也不埋葬，卻動用所有的家財召募刺客刺殺秦始皇。後來他在「淮陽」這個地方結識了倉海君，召募到一位能使用重達一百二十斤大鐵椎的大力士。他與大力士埋伏在秦始皇經過的地方，力士用大鐵椎狙擊秦始皇的坐車，可惜誤擊了秦始皇的副車。於是「中副車」這個詞便流傳下來了，清代詩人袁枚更在詩中一再抱怨：「情疑中副車！」作為只生女兒、不生兒子的調侃。

創意閱讀

　　本文在結尾虛擬了一個「笨客」的角色，並以作者和「笨客」的對話，道出為人父者對女兒們擇偶的想法。這是運用了「角色扮演」，所呈現出來的效果。

角色扮演，是要我們想像自己是情境的某個角色，客觀的跳出「我」，將自己投射為情境裡的人、事、物，以揣摩理解角色的心境和感受。我們會跟著作者假設情境真有其事，當成真實的事情。這類寫法，可幫助我們閱讀時能成功的跳脫自己，跟著作者的腳步，把自己想像成另一個人物。

同時，當我們從不同的角度觀察景物，才能看到深度；從不同的觀點看問題，就能加深理解。「笨客」所提出的問題，讓我們發現「他」與作者抱持兩種不同的觀點，笨客的問題多屬於傳統價值觀，套用作者的話：「真是迂闊之至」，而作者的回答往往有新奇的見解，這是運用角色扮演達到的有趣效果。

引導寫作

余光中在〈我的四個假想敵〉中運用了誇飾法，以誇張而超出事實的筆法，描述自己對女兒擇偶的不安心情。修辭學中的誇飾法用於裝飾文辭，能將事物的特點用誇大的方式描寫出來，使得形象更加鮮明，情感更為激烈，增加文章的趣味性，達到「語不驚人死不休」的效果。

誇飾的寫法，是將事物的特徵「放大」或「縮小」。放大誇飾是向事物的多、大、高、長、遠、重、快等來擴大形容，比如說「思念像鐵軌一樣綿長」。縮小誇飾則是向事物的少、小、矮、短、近、輕、慢等縮小形容，例如「他的兩條腿比牙籤還細」。運用誇飾需要豐富的想像力，雖然是將事物的特徵加以誇張，但這種超越現實的寫法，卻不至於被誤認為事實，讀者反而能從中欣賞到誇張的創意，留下深刻的印象。

? 問題與討論

日期：＿＿＿＿＿＿＿＿

系級：＿＿＿＿＿＿　學號：＿＿＿＿＿＿　姓名：＿＿＿＿＿＿

題目：

1. 〈我的四個假想敵〉中所謂「假想敵」、「落彈點」、「戰事」，分別指的是什麼？

2. 作者余光中在文中總共運用了哪些修辭技巧？試舉例說明。

3. 作者對女兒們長大成人、尋找歸宿，懷抱的是怎樣的情感？

練習想想看

　　請將自己想像成圖書館裡的一本書，並試著從那本書的角度來看問題。

範例：我是一本《朗文英文字典》，一年到頭都沒有被翻閱，雖然我的封面仍然光鮮亮麗，但內心感到非常孤獨。

1. 我是一本《牛津百科全書》，我覺得：

_____

_____

2. 我是一套《哈利波特》，我想對將我借閱出來的人說：

_____

_____

3. 我是一本漫畫書，想給閱讀我的人一些建議：

_____

_____

4. 我是一本《唐詩三百首》，腦海中時常出現：

_____

_____

請沿虛線剪下

練習寫寫看

　　請根據題目的要求，運用誇飾法來描述事物，撰寫出以下三則小短文。

一、「物象」誇飾：誇張的描寫物體或現象的形狀外貌，放大形容它的壯盛，或縮小形容它的微小。請假設自己是古人，描述第一次看見智慧型手機。

_____

_____

二、「情態」誇飾：情態指人的情感和姿態發生時的情形，可放大形容情感的強烈，或縮小形容能力的微弱。請假設自己是古人，形容第一次使用智慧型手機的心情和感受。

_____

_____

三、「人物」誇飾：用誇張的筆法，形容人物的言行舉止。請假設自己是古人，當你發現自己穿越到現代時，你會說什麼？做什麼？

_____

_____

實作練習

日期：＿＿＿＿＿＿＿＿＿

系級：＿＿＿＿＿＿＿　學號：＿＿＿＿＿＿＿　姓名：＿＿＿＿＿＿＿

作文題目：愛迪生看智慧型手機

說明：愛迪生是美國的發明家，擁有眾多重要的發明專利，包括對世界
　　　極大影響的留聲機、電影攝影機、鎢絲燈泡和直流電力系統等最
　　　為人知。試以角色扮演，想像愛迪生看到現代的智慧型手機後，
　　　會有什麼想法？字數約300字。

第七課

夢中歸鄉的 —— 母親

顏崑陽

寫作背景

　　顏崑陽，1948年出生於嘉義東石，國立台灣師範大學國文研究所博士。曾任中央大學中文系教授、國立東華大學中文系教授兼人文社會科學學院院長，現任淡江大學中文系教授。顏崑陽寫作以散文為主，兼擅古典詩詞與現代小說的創作，曾獲《聯合報》文學獎短篇小說佳作、《中國時報》文學獎散文優等、中興文藝古典詩創作獎章、中國文藝獎章散文創作獎章等。1976年出版第一本散文集《秋風之外》後，陸續出版原創性散文《傳燈者》、《手拿奶瓶的男人》、《智慧就是太陽》、《聖誕老人與虎姑婆》、《上帝也得打卡》、《顏崑陽精選集》、《小飯桶與小飯囚》七種，再創性散文《想醉》、《人生因夢而真實 —— 我讀莊子》兩種，另有古典詩集《顏崑陽古典詩集》、短篇小說集《龍欣之死》，以及學術論著《李商隱詩箋釋方法論》、《六朝文學觀念論叢》等作。

　　〈夢中歸鄉的 —— 母親〉一文原發表於2005年3月20日的《自由

副刊》。作者以夢見往生十七天的母親歸來，帶出1960年代時，下港人的父母為了給孩子一個更美好的未來，移居台北、艱辛打拼，最終渴望能夠再度歸鄉的生命歷程。在台灣步向現代化的歷程中，曾經有過那樣一個年代，無數中南部的人們大舉遷徙到台北城的外圍，在違章建築的簡陋居屋中，開始了夢想的追逐。為了口耳相傳的「台北夢」，他們不得不放下對故鄉的依戀，胼手胝足在異鄉打造可能的未來。然而時光流轉，這些人們中的大部分，最終卻連故鄉都不再能夠回去。文中，身為當代台灣知名學者的顏崑陽，透過母親的漂流故事，點出大時代的悲歡離合。本文的題目「夢中歸鄉」，既暗喻了現實中故鄉的消失，也帶出人與原鄉間細膩複雜的思考。

 原文閱讀

1

　　母親回來了，在她往生之後的第十七天，在我惝[1]恍的夢中。那時候，父親呢？他是一個沉默而經常冷藏著喜怒哀樂的男人，卻在母親被從醫院太平間冰櫃移出來的時候，對著這張相看幾十年而今卻已僵硬、陌生的臉容，放聲痛哭。

　　「終究，我們沒有回鄉，一起葬在父祖的近旁。」

　　父親在哭聲中夾雜著自語。不，他是對母親訴說的吧！或許，他們曾經有過什麼樣的期盼與約定。

1　惝：音ㄔㄤˇ，悵惘、失意。

母親往生之後的第十七天，在我惝恍的夢中，她回來了。她看似比往生那時候年輕了許多，是藏在我記憶裡一個中年婦人的影像，身旁淡藍碎花洋裝，濃密而鬈曲的長髮彷彿剛洗過，濕濡的髮絲沾惹了幾片水草葉子。這又讓我猜疑到她剛由池塘裡捉田螺回來。她經常這樣的，「孩子愛吃！」她不怕麻煩，做了許多孩子喜愛的物事。她又下池塘去捉田螺，很有可能呀！

　　在她來到我的窗邊，探頭呼叫我之前，母親不停地踽踽[2]在如棋盤的田埂，彷彿陷入了迷陣。霧像大片的棉絮，從稻畦[3]間噴湧上來。田埂如長長直直的霓虹燈管，閃著紅黃藍綠各種顏色。母親惘惘地獨行於一條接一條、轉折又轉折的田埂間；忽然卻又置身在一座繁鬧的城市。我不知道，真的不知道她如何跨離那樣錯綜的田埂，跨離生長她的鄉土，而跋涉過多麼漫長的路途，陷落在這座繁鬧的城市。

　　城市也有各種霓虹燈管，直的、彎曲的，甚至圓的、方的、多邊的，而顏色更比一盒二十四色的水彩還要繁雜。交錯的街道上，成群如螻蟻朝著不同方向蠕蠕[4]前行的人們，沒有聲音，也沒有臉孔，彼此擦肩而過。母親在人群中，如一塊從深山中被洪水沖入江海的浮木，隨浪潮的推送與拍

2　踽踽：音ㄐㄩˇ。孤單行走的樣子。
3　稻畦：稻田。畦，音ㄒㄧ。
4　蠕蠕：音ㄖㄨㄢˇ。蟲動的樣子。

擊，而漂蕩、翻滾，定不住任何方向。母親翕張[5]著嘴巴，彷彿在呼喊，卻沒有人停下腳步。

母親翕張著嘴巴，在我的窗邊；我聽到她的呼喊：「你們都跟我回去吧！」她還很年輕，淡藍碎花洋裝襯顯著瘦健的身材，水草葉子黏在濕濡[6]的髮梢，像刻意裝飾的笶[7]子。當年，帶著我們離鄉，不就是這模樣的母親嘛！她要我們跟她回去哪裡？

那時候，父親呢？這個經常冷藏著喜怒哀樂的男人，孤獨地睡在我隔壁的房間。他也和我在同一夢裡，看到還年輕的母親——他的妻子，向他呼喊：「跟我回去」嗎？他們曾經有過什麼樣的期盼與約定！

2

五、六〇年代，下港很多庄腳人窮得像荒年的田鼠，別說白米，連發霉的蕃薯籤也都朝夕不繼了。而台北是鍍金的城市，像大戲裡皇帝出場的舞台，眼睛看得見的地方都是珠光寶氣，京城的風沙也可以篩[8]得到金粉吧！聽說，台北人每餐倒掉的廚餘比下港人請客的菜餚還要豐盛。

半輩子都打赤腳走路，沒踏出村庄一步，不知道火車長

---

5 翕張：一張一合。翕，音ㄒㄧˋ。
6 濡：音ㄖㄨˊ，浸濕，沾濕。
7 笶：音ㄘㄜˋ。
8 篩：音ㄕㄞ。從孔隙中透過或漏下。多指風、光線等。

成什麼樣子，這般的下港人的確是如此地想像著台北——大約那是個成仙才能去的地方吧！別說見到真正的台北人，總被他們的細皮嫩肉與錦衣玉服所驚呆了；就是見到從台北淘金回來的庄內子弟，光鮮的西裝與閃亮的皮鞋也夠他們羨慕的了，甚至猜想著西裝口袋裡的鈔票，肯定是辛辛苦苦耕種百畝甘蔗也賣不了那麼多的錢。

於是，彷彿在河床乾涸而皸裂[9]，草木如同被火燒成灰燼的曠野上，他們是忍著飢渴的牛群，一隻挨著一隻，塵埃飛騰裡，沉默地邁向一個水草豐饒的遠方。遷移，是當現實困苦不堪的時候，追求生存或者夢想的可行之路。他們必須想像遠方是一片流著奶與蜜之地，才能不在崎嶇的途中倒了下來。

五、六○年代，坐在總統府如陽具高聳的塔頂，就可以看見縱貫鐵路與公路上，一列列火車、一輛輛汽車，滿載著面目黧黑、胼手胝足的男女，拎著皮箱、布袋或包袱，駛過濁水溪、大肚溪、大安溪。當故鄉被貯[10]入記憶的拼圖之後，他們便如潮地落腳在淡水河畔，散布到三重、蘆洲、五股、泰山、板橋、土城、中和、永和，逐工廠煙囪而居。遠遠眺望著隔岸高樓林立、燈火燦爛的都城。

他們都是「王」的子民，從邊陲的南方集到「王」的腳下；匍匐著，在煙囪到處飄散著煤灰的衛星市鎮裡，勞苦工

---

9 皸裂：皮膚因寒冷、乾糙而裂開。皸，音ㄐㄩㄣ。
10 貯：音ㄓㄨˇ，積藏、儲蓄。

作之餘，每值雙十之日便被編入普天同慶、薄海歡騰的行列，高呼著「總統萬歲、中華民國萬歲」；並仰瞻據說能帶來和平與希望的鴿子伴隨氣球逐漸消失在雲端，而接著就是孩子們等待夜晚提燈遊行，以及眾人被每發可值全家七口人一個月生活費的煙火，瞬間驚爆的璀璨逗得目眩神搖。次日，一切又如往常，煤灰仍然飄落在都城邊界幾個市鎮的屋頂、街面、溝旁以及人們的鼻孔，甚至塞入幽暗的心竅間。他們終於明白：都城的風沙篩不到金粉，只有煤灰摻和著酸臭的汗味。而故鄉已經永久被貯入記憶的拼圖，再也不是可以腳踏的實地了。

聽說，七○年代以後，台灣的經濟奇蹟，他們是埋在底層的無名英雄；但是，只有「維士比」了解他們的功勞，並為他們準備了每個明天的氣力。

在遷移的牛群中，我是一隻沒有鄉愁的犢兒，以為這是一次可以吃到豐盛野餐的「遠足」，沿路歡悅地踢踏在父母身邊；然而，他們卻都很沉默！

3

在低矮、昏暗而老態龍鍾的瓦屋中，母親正和她的婆婆，也就是我的祖母，大聲地爭吵著：「田地不能賣掉，那是祖宗的血肉！」祖母嚴厲而帶些哽咽：「兩分地，沙土當米來煮，也塞不飽七張肚皮。搬去台北，賺了錢，還怕買不到田地呀！」母親如此堅決，幾近於將這個家從鄉土上連根

拔起。那時候，她是不是想像著一個過度美好的遠方？

「你們都跟我回去吧！」在夢中，母親是這樣呼喊著。然而，我們能回去哪裡？終究，祖母早已帶著些許遺憾去世了。母親並沒有賺到許多錢，以買回被割棄的祖宗的血肉。在低矮、昏暗而老態龍鍾更甚於當年的同樣那間瓦屋中，母親沉默著，沒有與祖母爭吵。她只是肅穆地凝視這個一輩子都腳踏實地的老婦人，躺在如大地平鋪的木板床上，彷彿一塊被過度耕種而顯得貧瘠的旱田。然而，在即將撒手人寰而什麼都該捨離的時刻，她卻仍然喃喃著：「田地千萬不能賣掉！」我們如何能體會到她對土地那般至死不渝的情感；甚至彷彿就是土地的化身！

「你們都跟我回去吧！」在夢中，母親是這樣呼喊著。終究她已向著祖母回歸，向著生我們長我們的土地回歸嘛！然而，所有失去的都很難再召喚回來。母土，並非僅僅是可以用體積去計算的泥塊，或可以用價格去估量的財產。那時候，一心憧[11]想著都城榮景的年輕的母親，似乎並沒有理解得那麼多。

賀伯颱風過後，衰老的母親不管我們怎麼勸阻，都非要回鄉一趟不可，「就剩這麼一幢屋子了，不能任由颱風給吹壞。」她就在那幢屋子裡孕育了五個孩子。我們遷離之後，祖母獨自生活其中多歷年歲。我每趟回鄉，她都會叨叨絮絮地複習著這屋子所裝載的前塵往事，尤其是她如何在主

---

11 憧：音ㄔㄨㄥ。嚮往。

臥室昏暗的油燈下，從母親的子宮裡將她的五個孫兒接生到這世間來。祖母往生之後，屋子就閉鎖著我們連繫故鄉的種種記憶。母親年紀愈大，愈是惦記這幢老屋！它的價值還抵不上都城一幢華廈的兩根樑柱，卻竟然成爲她飄浮的靈魂得以安定下來的最後根據地。這次颱風淹水，她的父親彷彿回到了年輕的往日，夫妻合作無間地清理掉滿屋漫過腳踝的泥漿。但是，她卻勞累過度，終究爲了維護背離半生的家園而一病不起。

　　或許，她曾經和父親期約著再回到故鄉，終老於這幢她孕育了五個孩子的老屋，並一起葬在父祖的近旁。但是，畢竟她只能在往生之後，在我惝恍的夢中，呼喚著我們和她一起回去。故鄉終究已貯入記憶的拼圖了。

　　「屋子儘管破舊，總是自己的，還踩得著土地呢！」

　　在到處盡是「室中樓閣」的都城裡搬了好幾次家，每次都會聽到母親這樣唸著，而她最後所住進去的「家」，非但窄小，更是上不見天，下不著地。那是八德市近郊一座巨大高聳的靈骨塔。母親就住在塔中一格比微波爐大不了多少的龕[12]位內。

　　母親往生之後的第一個清明節，八德市的公墓舉辦團祭。廣場，在巨大高聳的靈骨塔前，牲禮果品鋪滿每一張供桌，示意著一個連死者也能享受錦饌玉食的年代，那已相距母親攜著我們離鄉之後將近四十年。但是，廣場上人們的秩

---

12 龕：音ㄎㄢ。供奉神、佛像或祖先牌位的石室或櫥櫃。

序仍然混亂如昔，在煙氣逼人流淚的氛圍中，每個人都扯開喉嚨，爭相高談闊論，卻彼此都聽不到對方說些什麼。這是只要有中國人在的地方，都必然會如此的景象，市場、餐廳、殯儀館、議會、立法院以及這個唯有死者懂得沉默的團祭場會，其眾聲喧譁，實在難辨差異。

人們摩肩擦踵，卻又相互陌生，沒有誰熟知誰來自何方與什麼名姓。在巨大高聳的靈骨塔中，都有背世的親人居住在一框比微波爐大不了多少的龕位內，這是人們唯一的關係。我想像著一生最怕寂寞的母親，在這塔內，或許將如同生前遷居幾處的公寓，總是和不知來自何方的男女老少做著福禍不相聞問的鄰居，每當清明節，十里墳崗上，人們一面芟除[13]著雜草，一面彼此追懷著碑碣下父祖們坐前的交誼，或臆想著他們在另一個世界也時相往還的情景。這，竟然不必等到我的兒孫一代，就已成僅供想像的傳說了。

望著巨大高聳的靈骨塔，從外面很難測準母親住在哪個高度的哪個位置的龕內，她一生有半數的日子赤腳踩著泥土，怎麼也沒想到最後的歸宿卻凌虛也若是。

「母親沒住到獨棟豪宅，至少也住了大廈啦！」么弟仰望著巨大高聳的靈骨塔，幽默得非常黑色。

「你們都跟我回去吧！」恍然間，我彷彿聽到母親的呼喊，穿透嘈雜的眾聲，敲痛我的耳膜。我們能回去哪裡呢？母親。

---

13 芟除：除去，消滅。芟，音ㄕㄢ。

4

　　母親往生之後的第十七天，在我惝恍的夢中，她回來了。身穿淡藍碎花洋裝，站在我穿邊，探頭呼叫著：「你們都跟我回去吧！」

　　我們都跟著她奔跑了起來。弟妹們赤裸如夏日午後在池塘玩水的野孩，么喝、嬉笑、跳躍，隨手扯下一枝一枝的霓虹燈管，像仙女捧揮舞著，映照出母親瘦健的背影。她頻頻回頭向我們招手。水草葉子黏在她額端濕濡的髮梢，像刻意裝飾的笑夾子。父親則沉默地跟在最後頭，偶爾拍拍這個孩子光溜溜的屁股、拍拍那個孩子黝黑而沾滿污泥的背脊。

　　幽闃[14]的曠野，雲霧團團擦身掠過，遠方卻透露著熹微[15]的亮光，映現層層疊疊如劍戟的山影。阡陌像網絡密布，向四面八方延伸，沒有一條路能看見盡頭。

　　我們忽然都飄浮了起來。我看不見自己，只看見母親憑空地踩著腳步，卻沒有前進。她轉身，低頭瞪視著阡陌如網絡的曠野，沒有一條路看得見盡頭。她忽然驚慌地呼喊著：

「走哪一條路，才回得去家鄉！」

---

14 闃：音ㄑㄩˋ。寂靜無聲。
15 熹微：天剛亮陽光微薄的樣子。熹，音ㄒㄧ。

寫作後記

　　一九一〇年代，台灣很落後、很窮；母親生長的家鄉，嘉義東石的一個小漁村，更窮到連老鼠都活不下去。聰明、剛強而能幹的母親沒機會識字。

　　一九六〇、七〇年代，在下港往台北的遷移潮中，母親與父親帶著我們五個孩子，開始飄泊於都市的生活。一九九〇年代，她已衰老，一直渴望歸鄉，卻終究讓骨灰存放在桃園八德市公墓的靈骨塔中。在她往生十幾日之後，真的到我夢中來，呼喚我們跟著她回去。

　　母親是大地、是鄉土。因此，這不只是我母親一個人的故事與情懷，尤其在這大流落的時代，很多人都只能夢中歸鄉。我必須將它寫下來，為千千萬萬失鄉而飄泊的靈魂。

品味鑑賞

　　在這篇文章中，生命的記憶被拉回一九六〇年代，甚至是更早的一九一〇年代的台灣。夢中，作者往生十七天的母親回來了，以一個藏在「我」記憶裡的中年婦人的影像現身。為了孩子，她跨離那錯綜複雜的田埂，跨離生長的鄉土，跋涉漫長的路途來到繁鬧的城市。在人群中，如一塊從深山中被洪水沖入將海的浮木，隨著浪潮推送、拍擊、翻滾、定不住任何方向。

　　那是一九六〇、七〇年代，窮困得像荒年田鼠的下港庄腳人，一個挨著一個，如同牛群般沉默地邁向一個水草豐饒的遠方。遷移，是在現實困苦不堪的情形下，追尋生存與夢想的唯一可行之

路。作者的母親違抗祖母的話，賣去祖宗的血肉，只為了帶領孩子追逐一個美好的遠夢。而夢，終究不及實現，她此生再回不到嘉義故鄉，身後只能棲身在八德市郊一座巨大高聳的靈骨塔裡。在夢中回來，呼喚著：「你們都跟我回去吧！」卻終究迷惑於：「走哪一條路，才回得去家鄉！」

作者的母親，生長在一九一○年代的嘉義東石，在一九六○年代的遷移潮中，帶著五個孩子開始飄泊於都市的生活。一九九○年代，衰老的她卻終究連一個歸鄉的夢想都沒有達成。在這篇文章的後記中，作者寫道：「母親是大地、是鄉土。因此，這不只是我母親一個人的故事與情懷，尤其在這個大流落的時代，很多人都只能夢中歸鄉。我必須將它寫下來，為千千萬萬失鄉而飄泊的靈魂。」〈夢中歸鄉的——母親〉一文讀來令人動容，因為那不只是一個母親和她孩子的故事，也是千千萬萬個奔向都城去找一個美夢的、下港人的故事。

文中的母親，年輕時或許並不理解「母土，並非僅僅是可以用體積去計算的泥塊，或可以用價格去估量的財產」。年老之時，卻在颱風走後依然堅持回鄉整理家園，且囑咐著：「屋子儘管破舊，總是自己的，還踩著土地呢！」只是，落葉終究難以歸根。尤其，當人們把土地的價值，簡化成「一坪多少錢」的數字時，大地被視為母親的那種根源性的價值，便已然佚失。如今，在全球化激烈的時代，對故鄉與土地的認同，是否也隨著科技文明的發達，成為一種農業時代無謂的「遺形物」？亦或者，對故鄉與土地的思念，始終是我們內心最原始與根源的悸動。

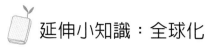# 延伸小知識：全球化

　　全球化是指國與國之間在政治、經濟貿易上互相依存的現象，亦可以解釋為世界的壓縮，視全球為一個整體。因為世界觀、產品、概念及其他文化元素的交換，全球化帶來國際性的整合，溝通工具如運輸及電信等基礎建設的進步，網際網路的興起，都是造成全球化，以及國際間在文化及經濟上互相影響的重要因素。

　　全球化正在推倒各國疆界，有人把全球化比喻為「地球村」。影響所及，使國際貿易增長，比世界經濟增長速度更快；跨國公司在世界經濟中的比重上升，促使全球金融體系發展；有更多國際間的文化互相影響，然而也使得文化多樣性減少；貧富差距可能擴大；國際旅遊業加速發展；透過如網路和電話等技術，使共享的資源不斷增長；移民的增長，也包括非法移民增加；提升自由貿易；智慧財產權保護有共通標準等等。

創意閱讀

　　本文〈夢中歸鄉的——母親〉以敘事傳情，從夢見母親、跟著父母遷徙到城市、回歸夢土等事件引發情感，幾件事情夾帶議論，來表現作者的感情。閱讀這類文章時，要注意文中所訴說的情，是如何跟著敘事走，是否「情隨事轉」，讓情感隨著事件的發展、經過和結果，有不同的轉折，才能得見情感的波動。

　　此外，文中運用想像與描寫，使過去、夢中的場景重現，讓我們閱讀時，彷彿置身在某個環境裡，感染那個時代的氛圍，見到人物們彼此對話。我們可從文中的情境找線索，解讀作者的真意，並將自己

放在情境中去感受。

許多文章經常透過「回憶」來抒發情感，謂之「記憶抒情」。人的回憶裡，總是有太多難忘的人與事，鎖藏在記憶的底層中，有的酸、甜，有的飽含苦、辣。回憶經常化為夢境，在我們的腦海重塑過去的情景，在回憶的過程中，我們的心靈已得到淨化。

引導寫作

描寫、議論與修辭，好比文章的「金三角」，這是使文章具有外在美和內在美的寫作方法，倘若三者都有，就是一篇「內外兼具」的好文章。

寫作時，如果從文章內部的邏輯到外部的文字美感，都面面俱到，就能使內容具體、完整而有可看性。我們可從三方面著手，首先是「描寫」，可突出事物的形象，但是描寫需要細膩刻劃，形象才會生動。其次是「議論」，能有條理的表達作者思想，突出邏輯能力。第三是「修辭」，就像五彩繽紛的包裝紙，能美化文字，增添文章的藝術美感。

本文〈夢中歸鄉的──母親〉中，有描寫時代氛圍與人物形象，有議論城市的五光十色帶給人心的影響，也有一再反覆詠嘆母親在作者夢中的歸來，以及其他精采的修辭詞句。描寫、議論、修辭三者兼具，文章才能穩固，具有基本的條件和美感。

? 問題與討論

日期：＿＿＿＿＿＿＿＿＿

系級：＿＿＿＿＿＿＿　學號：＿＿＿＿＿＿＿　姓名：＿＿＿＿＿＿＿

題目：

1. 〈夢中歸鄉的——母親〉中，作者對故鄉母土懷著怎樣的情感？
2. 作者顏崑陽對城市與鄉村的觀點為何？試舉例說明。
3. 文中出現「反覆」的句式，這樣的寫法帶給讀者怎樣的感受？

練習想想看

請以「最難忘的滋味」為題接續寫作，描述內心的感受。

範例：小時候調皮點火來玩，不小心被火灼傷了手臂 → 每當回憶起
往事，我的心仍有微微的痛，但我告訴自己：即使美麗已不復
見，我還是可以擁有重生的美麗。

1. 班上值日生打掃時不注意，弄斷了整盒粉筆。記得老師說：「同學
為班上服務很值得鼓勵，但是做事必須細心。」→

_____

_____

2. 我看見鳳凰花在樹梢盛開，象徵離別的季節到了，我回憶起過去自
己也是畢業典禮的主角，看著鳳凰花，心中湧現了感動。 →

_____

_____

3. 我的收藏中有一件物品，是很重要的人送給我的，每當看見它，回
憶就如流水從心頭流過。那件物品是 →

_____

_____

練習寫寫看

請透過以下三個題目的要求，為一篇作文蒐集寫作素材。

1. **描寫**：你的故鄉在哪裡？那兒有什麼令你印象深刻的景色或人物？

_____

_____

_____

_____

2. **修辭**：請運用「譬喻」和「誇飾」來形容你的故鄉。

譬喻：_____

誇飾：_____

3. **議論**：有人說，有爸媽在的地方才是故鄉；又有人說，自己從小成長的地方才是故鄉。想一想，什麼是你心目中的故鄉？你對故鄉的定義是什麼？

_____

_____

_____

_____

請沿虛線剪下

🌽 實作練習

日期：＿＿＿＿＿＿＿＿

系級：＿＿＿＿＿＿＿　學號：＿＿＿＿＿＿＿　姓名：＿＿＿＿＿＿＿

作文題目：故鄉，我永遠的夢

說明：對你來說，故鄉的定義是什麼？在你的人生中，有多少次離開故鄉的經驗？不論離開的時間是長、是短，對故鄉的思念有多少，不論我們到了何處，對故鄉的種種回憶，就是我們重歸大地的力量。請書寫你的故鄉及對故鄉的情感，字數約300字。

_____

_____

_____

_____

_____

_____

_____

_____

_____

_____

斷　線
吳鈞堯

寫作背景

　　吳鈞堯，1967年出生於金門昔果山，12歲時遷居台灣，國立中山大學財管系畢業，東吳大學中文所碩士。曾任電視節目「玫瑰之夜」編劇，歡熹文化總編輯，靈鷲山般若文教基金會主編，《時報周刊》編輯，現任《幼獅文藝》主編。創作文類以散文、小說為主，為金門書寫代表人物之一。曾獲《聯合文學》小說新人獎、《中央日報》短篇小說獎、梁實秋文學獎散文獎、《聯合報》短篇小說獎、文學創作金鼎獎等，並於2005年及2012年兩度獲得五四文藝獎章。著有小說《等待一場月光的婚禮》、《履霜——金門歷史小說》、《凌雲》、《坐在沙發上老去》、《地址》、《崢嶸》、《火殤世紀：傾訴金門的史家之作》、《遺神》，散文《我愛搖滾》、《女孩們經常被告知》、《我能做的只是失眠》、《我的女巫們》、《那邊》、《尋找一個人》、《金門》、《荒言》、《熱地圖》及繪本《三位樹朋友》等三十餘冊。

本文原發表於2009年9月11日的《聯合報副刊》，作者以自身之經歷，描寫居住於金門昔果山的一家八口，在信件往返只能依賴船隻的1970年代，一一渡海來台，最後舉家搬遷落腳於三重。過程中，三位姊姊紛紛先離家到南崁加工區上班。幾年後，大哥到台灣學車床，家裡只剩下父、母、作者與弟弟。少了一向承擔重擔的大哥，作者開始扮演起哥哥的角色，負責照顧最年幼的弟弟。兄弟一起成長，在吵鬧中爭執、扭打，乃至於互相陪伴準備高中聯考。來到台灣後，弟弟報考軍校，姊姊們遠嫁，各自走向不同的人生道路。直到多年後，外婆出殯，兄弟再度聚首，金門褪去了軍事要地的色彩，變成觀光勝地，交通也發達許多。然而物換星移，熟悉的道路卻已不再識得。甚至有一天，弟弟在台灣三重的家附近，竟也迷了路。作者以此，點出了原鄉的失去與不復再得。

 ## 原文閱讀

看不到大哥的背影後，弟弟才真正成為我的弟弟……

三十年前在金門、二十年前在三重，兄弟三人還睡一張床，還在一個屋簷下。

三十年前在金門，哥哥十六歲、我十二，弟弟十歲。金門昔果山[1]，三合院廂房裡，一張雙人床不只睡了我們兄弟，最多的時候，還擠了三個姊姊。弟弟有時跟父母親同房，有一天早晨，我盥洗後找弟弟。母親偏頭，坐在化妝台

---

1 昔果山：為「菽葦山」之諧音，是個靠海的村落，位於金門金寧鄉內。

前梳髮，弟弟呢？還熟睡，不仰臉或側身，而匍匐著，屁股翹得高高，雙手枕臉。我跟母親相視一笑。我搔弟弟屁股，他手一揮，像牛，拿尾巴驅趕蒼蠅；再捏他鼻子，他一口氣吸不過來，終於醒了。我跟母親哈哈大笑，他卻不知所以然。

最早是大姊、二姊，然後是三姊，渡海離家，在南崁加工區上班。當時，離家赴台上班掙錢，是現實跟時尚，也是一種幸福，姊姊們矇在前程似錦的假象，在塑膠花的產品線上匆匆結束她們的童年。姊姊們在每年農曆過年前，搭艦艇返家。民國60年間，只賴信件往返，告知船班，船能開或遲開，得看風浪，我常跑到屋後空軍營舍邊，望灰灰大海，找尋訊息。海平線不是一條線，更像一個洞穴，那裡有一扇天方夜譚裡的巨大石門，得試上各種祕語，才找得到鑰匙。

不只我一個人望著海，有時候是一大群人。那簇擁的樣子、那焦慮卻佯裝無事的樣子、那虔誠如舉香頂禮的樣子，讓我們簇擁的模樣越來越小，而海，以及未知的命運卻越來越大。有船艦從洞穴釋放出來了，越來越大，如果是貨輪，村人難掩失望；若是軍艦，村人說，是啦，就是那艘船，他們要回來了。村人各自回家，時刻留意門外動靜。

姊姊們返家，跟軍艦從高雄港出發的時間一樣，變化不定。有一回，姊姊上午回家時，我正挑著兩麻袋落葉當柴火。二姊迎面走來，我喜出望外，二姊接過我的擔子，她的神情我記得清清楚楚，那是說辛苦了，留在家鄉的弟弟。不

多時，姊姊們再啓航料羅灣[2]，回南崁上班。幾年後，大哥到台灣學車床，家裡只剩下父親、母親、我跟弟弟。已忘記大哥離鄉那幾年，誰來早起餵雞鴨，且煨暖豬飼料，料是母親一人扛做了。若記憶是一只口袋，肯定有了漏洞，當年我未滿十二、弟弟不滿十歲，父親趁遠洋捕魚之餘，才得耕田鋤草、播種收割，家裡的田卻一塊也沒荒過，玉米、花生、高粱、地瓜，依然豐收，一家人勞作的力量遠超乎我的想像。

我對大哥離家，要比姊姊們讓我感受更大。從小，大哥就護著我，我也隨他犁田、播種跟耙草。大哥從小就肩負持家任務，能在寒風凍裂臉頰的冬天克服溫暖的被窩，快速升起灶火，炒一盤香噴噴的豬油炒飯；他手臂不比初生的玉米穗粗，卻能持犁馭牛翻田。我童年有很大的一部分跟大哥相隨，直到他離家，看不到大哥的背影後，弟弟才真正成為我的弟弟。96年夏天，我跟弟弟兩家七口相偕回鄉，我問他，可記得有一次上學途中，他鬧肚疼，蹲地上，他的同學拜託士兵載他上醫院？弟弟身為當事人，卻忘了。我能牢牢記得，是因為我並沒有陪他蹲在旁邊，也沒陪他就診。那是中午，返家午餐後再到校上課，我認為，弟弟得忍耐住小小的病痛。我會這麼想，是從小養成的習慣，在戰地成長，沒熬病跟忍痛的韌勁是不行的。弟弟蹲在渠道上的身影慢慢變

2　料羅灣：金門東南方面向台灣海峽的海灣，所建深水港是與台灣間往來的重要通道。

小，我轉彎，繞進校園時，還確信弟弟能夠自己站起來，走到學校。他沒能站起來，也沒有記住這段往事，反倒是馬路邊那團黑點像一滴遇熱後融化的柏油，我沒有記憶的酒精，揮發這一段往事。

幾年後，父親、母親、我跟弟弟，踏上金門人的共同遷徙路線，上軍艦，登陸高雄港，搭柴油火車一路鼓譟北上，落腳三重。我讀國一、弟弟讀小五。而今，我的孩子也讀小五了，我每天仍習慣牽他的手，過幾個車流較大的路口，才放心讓他自己走；而當時，我卻忽略弟弟只是十歲大的孩童。若說，十二歲的天空是太低矮了，不足以看護十歲的雲，那麼，三十歲、四十歲呢？

我在十二歲那年，發現了弟弟，但幾年後，卻再度遺失。

手足間，若沒有吵架、玩鬧，就沒了真正的情誼。大哥跟我玩鬧，把我壓在木麻黃樹根下呵癢。他鬧、我笑，他沒罷手，最後，我是哭了。這一哭彷彿成就了不可磨滅的意義，成為我跟大哥交集的往事。遷台後，姊姊們跟大哥多在假日返家，但他們已過了玩耍的年紀，我沒有選擇似地，跟弟弟玩在一塊。嬉鬧的空間從金門的鄉野變成了客廳和房間，不再有蝴蝶可撲、沒有蟬可以抓，更找不到任何一株相思樹，爬樹幹，搖枝椏，甩落棲息樹上的金龜子。

我們騎馬打仗，鑽進被窩裡鬧，假日則相偕到國小操場打棒球。差距兩歲，吵架難免，一次為了爭看電視，我跟弟弟扭打。在金門讀國小，學過微末的跆拳道，我推開弟弟

揮拳砍劈，仍佔不到上風時，只好飛腿攻擊。很多年後，弟弟的兩個女兒已長到會吵架的年齡時，我跟她們說，你阿爸，小時候跟阿伯打架，竟說打架不得用腿。她們忘了跟我打架的是她們的爸爸，都說，打架還有規定啊，真好笑。

弟弟升國中後，從小接受的從軍報國信念居然萌芽，投考士校。對弟弟從軍這事，我曾否寬慰、瞭解？而今思索，像望進時間的大霧，不僅弟弟迷失了，我也遺失在雪茫茫的霧色中。若說，人生當中或多或少都有一個謎一般、霧一樣的時間，國中歲月對我，即是如此。我迷失在鄉愁裡，且不知未來走去何方，傻傻地過每一天，一有零錢、閒暇，都趕往漫畫店報到。

不過，卻有一條路線明明白白屬於我跟弟弟的。那是假日，我跟弟弟從三重住處，過三和路、接自強路、轉正義北路，到金國戲院、國園戲院，或已拆除的天台跟天南戲院，度過好幾個下午。這一條路，代表兄弟倆對城市繁華的初度認識；這一條路，我現在每回走過，時間之線就起了棉球，我再看到弟弟那缺乏思索跟快樂洋溢的一張臉。

高中聯招考場在西松國中，陪我考試的是弟弟。不知道他怎麼度過那無聊漫長的兩天？當我與數學、國文、英文、地理、歷史跟三民主義等學科對抗時，弟弟是怎麼對抗那一格一格的寂寥，而能在有限的下課時間，仍一派天真、仍饒富興致？不可思議的是，我在弟弟高中應試時，卻因學校聯誼而缺席了。高中畢業後，大哥在新莊謀職，住在家裡，我則選擇提前入伍。偶爾放假回家，與大哥同房，弟

弟擁有他自己的房間。

　　有一次提前在周五返家，未開門，門後就喧嘩陣陣，打開門一看，弟弟跟同學七、八人，在家裡打麻將。我怒喝，操他媽的B，都給我滾！不一會兒，弟弟的同學走得乾淨，客廳內只餘弟弟，跟他羞愧、漲紅的臉。這是我第一次動用哥哥的威權，我沒在往後的日子使用過，也不知道那威權在今日，還存在否？但這事件告訴我，弟弟已獨自孕育他的人際，一個完整如我、自私如我的世界。

　　除役、上大學，跟弟弟的交集漸少。父母親爲大哥買了房子，我大學畢業，跟哥嫂同住，也就近購屋，兄弟各自成家，姊姊們遠嫁，再難像童年聚首。人間的聚、離，竟匆匆完成。

　　兄弟再同寢，卻在外婆出殯時，一起下榻飯店。這也是兄弟三人，三十年後同在金門。喪事後，回返舊居，遠遠看到屋頂上幾名工人鋪設屋瓦。父親說過，屋梁白蟻蛀蝕，非換不可。門、窗、地板，隨之更換，看似煥然一新，實卻面目全非。工人爲方便拆卸屋瓦，砍了屋後的木麻黃。它的樹幹長得粗實，得兩人，才得環抱。屋頂少了樹蔭，屋內添上新漆，像個禿子，染了皮膚病。側門的防空洞已經掩埋，後頭的豬舍廢棄多時，再過去的林子依舊蟬響，卻沒有夠高的竹竿能搆著牠們。樹林卻蔓延到路上，林內翁鬱[3]，蜘蛛網密佈，我望見童年在裡頭穿梭玩樂，卻走不進去尋舊。

3　翁鬱：音ㄨㄥˇㄩˋ，草木茂盛的樣子。

前一晚，兄弟三人也沒多餘的話。我問弟弟，可記得有一年元宵節，我、他跟堂妹，在外婆家盤桓多日，三個人跟外婆擠一張床，三個人來回昔果山跟榜林村，步伐小、馬路長，走得久久才到。弟弟想了一下，搖搖頭，寬慰自己說，隔那麼久，哪能記得？

　　金門的路開得多，回鄉路也跟著變多，然而，兩家七口同遊金門時，還得賴地圖指南。弟媳婦調侃說，你們不是金門人嗎，怎都不認識路？我跟弟弟只能乾笑，額頭冒汗。

　　不過，真有那麼一天，弟弟不識得回家的路。那晚，弟媳婦來電，請我一起到中山北路，接喝得爛醉的弟弟。找到弟弟時，他已被店家趕到門口，幾名警察環伺周遭，像伺候弟弟抽菸，實則監看著。弟媳婦在車上說，他到內湖參加同事榮退餐宴，不知後來如何續攤，進了酒店。同僚怎麼離他而去的細節，弟弟事後也說不清楚，警察跟弟媳婦說，喝醉了，怎麼拉都不走。我下車，拉他走，警察這時問，這是你的什麼人啊？弟弟說，這是咱大仔。弟弟沒醉，還能辨識我，他尾隨我走幾步，卻不願意上車，反向對街走。問他去哪兒？他說回家。

　　這不是你的家，你回哪兒呢？誰說不是，我家明明就在這裡。

　　我索性拉他走向對街，找門牌證明。他是醒了半秒或一秒，還是不願意僵在自己的錯誤裡，終於隨我上車。進大樓車庫，開車門，扶他進屋。這是我第二次到他的屋子，十年前還嶄新亮潔，現今卻多雜物，以及兩個女兒。扶他

上床，脫掉他的上衣，解下牛仔褲拉鍊，扯褲腳，脫下褲子。床上躺著只著內褲的弟弟，同時也是一個女人的丈夫跟兩個女兒的爸爸。

但在那一刻，我像是剛剛發現，我有一個弟弟。

弟弟家在三重永福街，搭計程車，十分鐘可回我家。幾個轉彎，車子上三和路，等過紅燈。車子一啟動，我卻疲憊地往後仰。我意識到自己睡著了，也因為這樣的意識而驚醒。我愣愣看著街景，好一會兒，才想起我為何在這裡。車子還在三和路，司機沒繞遠路，按我指使的開往仁愛街。剛剛睡了多久，三秒或五秒？在這剎那，我睡得精熟，彷彿切斷我跟這一個夜，以及這一生所有的聯繫。

車子停妥五華街巷口，往前走，就到家了。

家，停在黑暗的海洋上，它居然就流動了起來。

品味鑑賞

本文題為「斷線」，描寫的是兄弟之間從同患難而致漸疏離的情感，也是與故鄉那條「看不見的線」的截斷。文章以「看不到大哥的背影後，弟弟才真正成為我的弟弟……」作為開頭，點出弟弟與自己情感的建立之因，是一篇特別的親情書寫。

作者在第三段之後筆鋒一轉，將讀者帶回了三十年前的金門。在昔果山的三合院廂房裡，一張床曾經睡了家中六個兄弟姊妹。三個姊姊先後離開家中，到桃園的南崁加工區上班。那是1970年代，金門仍是軍事管制區，離開或者回來，都仰賴往返高雄港與料

羅灣的軍艦。後來大哥也去了台灣，「我」與弟弟就有了相依、獨特的情感：「我在十二歲那年，發現了弟弟，但幾年後，卻再度遺失。」「發現」是情感聯繫的再交織、再密切，而「遺失」，則又暗示著兄弟二人將走上截然不同的道路。

十二歲遷居台灣，在台北讀國中的「我」，在鄉愁中迷失，且不知未來走向何方。至於弟弟，在讀國中之後，則興起了報考士校的念頭。來到異鄉，兄弟兩人青春期中最深刻的記憶，是從三重住處出發繞經幾個戲院，共同度過的那些午後。那樣的路程，是他們對這個城市最初的認識，而弟弟快樂洋溢、缺乏思索的臉，也刻印在年少的記憶中無法抹去。

之後，「我」當兵、上大學，兄弟各自成家，姊妹也遠嫁，人間的聚散離合似乎匆促之間便已完成。文章後半段的轉折，是外婆出殯，三兄弟再度聚首。在金門的老家，童年的印跡隨著老屋被白蟻蛀蝕，也一併的消失。交通便利，回故鄉的機會似乎增多，但是過往的一切再也難尋。

文章最後，喝得爛醉的弟弟被趕到店門口，「我」陪著弟媳婦一起去接弟弟回家。事實上，儘管兩人住得不遠，卻是十年來第二次到弟弟家中。作者寫道：「但在那一刻，我像是剛剛發現，我有一個弟弟。」這對應著文章前頭所言，剛好是「發現」、「遺失」而又「發現」的歷程。這個歷程，走了十多年，從金門家鄉到台北異鄉，而在台北儘管居住了十多年，終究仍無法擁有家鄉的認同感。

最後在末尾，作者說：「家，停在黑暗的海洋上，它居然就流動了起來。」黑暗的海洋，是金門與台灣的相隔；「流動」是遷徙的過程，也是情感在其中的演化。一切似乎只是在短暫的睡夢中，

卻已走過多年。我們可以說，作者以「斷線」寫出了遷徙者生命原鄉的恆久失去，以及對親情連結的真摯盼望。

延伸小知識：親情書寫

「親情散文」一直是散文書寫的重要主題之一，雖然常被創作者取材，但在表現上，不容易寫到情感充沛、有血有肉，這是因為親情的題材取自生活日常，書寫時容易流於平凡。因此在寫思想情感、生活圖景及人物形象時，加強轉折的力道，讓平凡的材料也能具有出人意料的戲劇張力，是成為這類親情散文吸引人的關鍵條件。

一般描寫母愛親情的作家，多為女性，寫親情因取材自尋常生活，容易流於瑣碎，或是感情過於氾濫。本文作者吳鈞堯則在理性和感性中取得平衡，書寫兄弟親情，從年少時光寫到結婚成家，以情感的發現、獲得、遺失、再失去等轉折之間，得見其經營的巧思。使不易討好的親情主題，藉由其另出機杼，流露著有別其他親情書寫的獨特性。文中，一種悵恍若失的惆悵感，將兄弟親情的表現，變得更深刻、內斂。

創意閱讀

人有喜、怒、哀、懼、愛、惡、欲等七情，抒情散文抒發的，就是這些能牽動心弦的情感，就像〈斷線〉作者對兄弟情誼改變的悵然，從溫暖的兒時遊戲寫起，到忽略弟弟的需要，流露些許自責，直到後面的悵然、平靜，情感的拿捏細膩。

其實任何文章都包含了情感的要素，不只抒情散文，記敘文也常

敘述令人感動的事，作為永恆的紀念；議論文雖然重「理」，但正因為我們對事物有著好惡，才會加以議論，說出自己的看法；應用文的書信也需要抒情，一封動人的書信，能夠跨越時空的距離，聯繫人們彼此的心。

情感就像暗流，總是深藏在人的記憶底下，又如波浪一樣或升或降、此起彼伏。我們不論閱讀哪一種抒情散文，都必須跟著作者的文字去感覺、感受，想像作者當時的處境，學習感同身受，細細地體會文章所傳達出來的真情。

引導寫作

因人生情，主要表現對「人」的感懷、思念等情感，是間接抒情。例如本文〈斷線〉，主要圍繞著「弟弟」書寫，除了在塑造人物形象方面有所著墨，也適當的描繪對弟弟的情感，藉著環境的遷移、成長步調的差異來對照兄、弟，是獨具匠心的寫法。

這類抒情散文經常書寫生離死別的情境，或帶著深深的感謝，或是沉澱之後的懊悔，我們需要在情感上有深刻的感受或體悟，才能讓筆端自然流露出感性，進而引起共鳴。一般作文命題偏向生活經驗，往往要我們書寫和自己關係密切，或出現在我們生活中的人物，作文時，就要多舉例子描述你們在生活上的互動。

寫作重心可放在描繪人物的言行舉止、性格思想、相處細節等，從你和「他」相處的點點滴滴，或是你對某人事蹟的掌握和瞭解，把你對「他」的感情經由感謝、崇敬、思念、追憶，娓娓道來，讀者就能感受到那份深刻的情意。

? 問題與討論

日期：

系級：　　　　　　學號：　　　　　　姓名：

題目：

1. 閱讀〈斷線〉之後，請試著整理出作者與弟弟情誼變化的脈絡。
2. 請選出你最欣賞的修辭佳句，並說明它在文章裡的作用和意義。
3. 作者吳鈞堯如何塑造「弟弟」的人物形象？請舉例說明。

練習想想看

　　以下有四種情境題目，請假設自己是另一種性別，用符合角色的口吻，運用抒情的技巧，寫出一段屬於角色的「內心獨白」。

1. **含蓄委婉**：就像古人戀愛，總是用含蓄的方法來表達，抒情散文的表達可以含蓄委婉，間接抒情，留一點想像空間，才能讓讀者細細體會。
   情境：你走在街上巧遇一位同性朋友。

---

2. **感性口吻**：除了運用感人的情節，還可以使用「啊、唉」等狀聲詞，或是像從心頭暖上來、忍不住流淚……這樣的句子，來帶動讀者的情緒。
   情境：你走在街上巧遇一位異性朋友。

---

3. **描寫優先**：情感是藉由人、景、物來觸發的，書寫時，要將這些引發情感的事物先描繪清楚，成為抒發情感的基礎，再將你的感觸自然的宣洩出來。
   情境：你準備跟一個特別的異性朋友出去約會，在出發之前。

練習寫寫看

請透過以下三個題目的要求，描寫人物形象。

1. **外表→性格→思想**：選定一個人物，先描寫人物的外貌，由外貌反映性格特徵，最後帶出人物的思想、觀念。

_____

_____

_____

2. **心理→思想→行爲**：選定一個人物，先透過對他的心理描寫反映思想，然後表現在他的行為上。

_____

_____

_____

3. **語言→行爲→性格**：選定一個人物，先從人物所說的語言、動作和表情，來反映他的性格。

_____

_____

_____

實作練習

日期：＿＿＿＿＿＿＿＿＿

系級：＿＿＿＿＿＿＿　學號：＿＿＿＿＿＿＿　姓名：＿＿＿＿＿＿＿

作文題目：我最感念的家人

說明：在你的記憶深處，是否有個身影常縈繞在你心頭？這個人是你的家人，曾對你的生活、人生觀和行為產生了影響，使你對他懷抱著感念。請詳細述說這個你最感念的家人，敘述你們之間的故事，字數約300字。

孵育小說的夢幻平原

鍾文音

寫作背景

　　鍾文音，1966年出生於雲林二崙，淡江大學大眾傳播系畢業後，曾赴美國紐約藝術學院習畫。曾任電影劇照攝影師、記者，現專職寫作，以小說和散文為主，兼擅攝影與繪畫。曾獲《中國時報》文學獎、《聯合報》文學獎、《中央日報》文學獎、吳三連文學獎、林榮三文學獎、世界華文小說獎等，已出版長篇小說集《女島紀行》、《愛別離》、《在河左岸》、《艷歌行》、《短歌行》、《傷歌行》、《最後的情人：莒哈絲海岸》，短篇小說集《一天兩個人》、《過去》，散文集《寫給你的日記》、《昨日重現》、《孤獨的房間》、《永遠的橄欖樹》、《奢華的時光》、《憂傷向誰傾訴》，旅行書《情人的城市—我和莒哈絲、卡蜜兒、西蒙波娃的巴黎對話》、《最美的旅程》、《孤獨的房間——我和詩人艾蜜莉、藝術家安娜的美東紀行》，攝影詩文集《暗室微光》、《我虧欠我所愛的人甚多》等。

自幼大量的遷徙移動，以及成長後的周遊旅行，成為鍾文音生命中重要的底蘊。2000年後她專事寫作，從本土出發而廣及國際，有文化關懷，也有生命情調的深刻哀思。2011年間，先後出版台灣島嶼百年物語三部曲：《豔歌行》、《短歌行》、《傷歌行》，書寫原鄉也呈顯台灣歷史演變的風貌。小時在雲林二崙的鄉間長大，成長後也選擇在淡水八里落腳，鍾文音對於這島嶼的鄉間，自有一份奇特的情愫。在〈孵育小說的夢幻平原〉裡，她將描摹的目標放在故鄉濁水溪平原，書寫那曾是名為故鄉的樂土，是母親大半輩子生命的起點與終點，也是自己小說夢的重要出發點。然而時至今日，石化工業進駐，故鄉美好的人事物一一改變，只能在內心召喚著過去的平原之美。

原文閱讀

　　黃昏過濁水溪，天幕垂得低，雲似搆得著，遼闊平原的農人身影染上金黃，如米勒油畫。那些勞動者大多是她的親眷，多年來他們的生死牽動著她的返鄉旅程。或有阿公在採收龍眼，或有阿嬤在拔著玉米，或有阿叔在收割稻米，或有阿嬸在除草，或有阿姨在栽甘蔗……濁水溪平原曾是她每年寒暑假必然抵達的新樂園，也是她放任思維馳騁的野地。

　　然之後卻返鄉心遙遙。

　　多年下來，石化工業截斷了水，豎立如孤島煙囪，隔絕了海岸之親。土傷人去，她是愈來愈少返回濁水溪之南了。童年野性的樂園，靜靜地化為一幅被曬傷的印象畫，原

來姿色難辨。水竭魚枯，火光沖天。幾日新聞熱吵，未久又黯然承受難以改變的事實。平原變色外，加上這些年伴隨著她返鄉旅程的盡是屬於母親的回憶與淚水……或者無言的沉默，彷彿過往的平原生活已成她生命的追想曲，是不由得想起，但卻又想不得。

這亞熱帶平原孵育了她的寫作野性思維，然而對從城市討生返鄉的母親而言卻是一座傷心小村。

飛沙走石的天地，讓她的母親瞇著衰老之眼回望過往生活，是了無聲色的過往了，但卻是她母親大半輩子的故事起點與終點。

每每她的母親回到故土總是沒來由地一陣鼻酸與悽惻[1]，她母親說無法想像田園散著荒蕪。能溫暖記憶的仍是能飽足胃的米飯與花生香，西螺九層糕與肉圓豆腐湯，這讓母親有現世慰藉。

她的母親說以往有點吃的都是拜媽祖婆賞賜，西螺鎮的新街四媽廟是偶爾可以分到一點糕餅，或者到墓地，也能讓哀傷的喪家心軟而分到一丁點吃的。飄進小村的風，帶著沙塵，揚起她母親的絲絲白髮，沙塵如針地刺目，母親凹陷的眼窩著細沙。

朦朧地有人從沙塵裡穿出，在村口她遇見未嫁的阿姨。老厝翻新，大宅院凋零，未嫁的女人守著家園。阿姨喚她入內呷茶配米糕，嘗新烘烤龍眼乾、啖甘蔗和芒果香蕉，土地

1　悽惻：悲傷、哀痛。

年年回饋給農人一片小小宇宙，這是她每次回到老家的味覺與感官的豐收。

她記得童少時喜爬樹，會偷覷鄰家宅張揚的聲色。自祖父年代即種下的龍眼樹與芒果樹十分高壯，夏日隨風滲著高度的甜氣，可惜纍纍果實泰半都被採收一光，僅剩幾粒未成熟的掛著，她摘來剝皮入口聊以安慰三吋舌根。有時還會不慎被熟爛的芒果打中，或者在未熟的水果下垂涎巴望著，不斷地分泌的惱人唾液與咕嚕咕嚕叫的肚皮，她記得眺望遠方綠油油稻田的心情，那是孵化她早熟的最美顏色，也是予她嚮往遠方的遼闊天地。

於今她們母女口中所謂的「濁水溪老家」是指母親出生的這間老宅了。

母親未嫁的妹妹住的這間老宅院，前年經過翻修後，唯一能夠指認歷史之處是牆壁高懸的照片，仍在述說著舊影人事，其餘所謂的「老家」早已是簇新[2]如昨。另一個不老之處是她的阿姨睡的紅眠床，木雕紅眠床是阿姨從她母親肚皮吐出之地，她的阿姨打算終老濁水溪，死在這張紅眠床。

她盯著阿嬤翻新的客廳，懸掛一張黑白老照片，那是她母親的母親，早逝者影像永遠青春，未曾謀面的阿嬤像是一個少婦，臉孔停駐在清秀的無時間痕跡裡。她記得童年每回來到這張相片前，總會見到從後院飛來的蝴蝶停住其上，黃色小蝶群，像是來報喜的美麗隊伍，在阿嬤的肖像上旋轉

---

2 簇新：原謂聚集新物，後謂極新。

著。

　　蝴蝶盡是吸飽了阿公種下的龍眼樹花蜜，牠們開心地在屋內翻舞，然後駐足在阿嬤的肖像上，彷彿攜帶阿公種的龍眼花蜜，將甜蜜氣味瀰漫老屋，這是她印象裡最美的平原映畫。

　　現下往昔這一切已如夢境，撒手人寰多年的阿嬤阿公也早已拾骨了，他們曾是她寒暑假被寄放在此的田園主人。生活平原的農夫農婦早睡早起，那些年是她少數跟著太陽生活的日子，戴著斗笠隨著他們除草或者採摘，她記得勞動者的體味和著泥土的氣息，汗衫沾染著植物的顏色，裸赤的腳板有皸裂深紋，那種與土地平原合為一的畫面，總是訴說著慈愛與耐性。

　　母親對她說，苦日無法變甜，但也不會更苦了。衰老的母親已經和往事和解了，每年受傷的土地承受人類的貪嗔癡，教會母親與她許多事，看盡諸多幻滅。

　　總有不變的歡喜，比如她和母親返鄉總是會繞去西螺鎮上閒走，她記得母親以前老愛說起少女時她常探看大戶人家的生活。整修過的老街失去些真實古早的蒼莽庶民味，她們母女倆閒步走過米商、油商、醬油商、醃漬廠、花生廠……，往昔鎮上的商家與大戶人家曾經給予母親想要有錢的幻想，但母親不知道的是濁水溪平原的生活，不意竟孵育了女兒的小說夢呢。

　　夏日的雷聲一路從稻田綠地彈向她們的耳膜，密集的烏雲裂出了一束光，從海邊吹來的沙塵沾黏了眼膜，落在平原

的夕陽染了層金沙，折射她們的髮絲如天使。天使返鄉，平原依在，雖然受傷的土地隱藏著淚水，但母親邊大口咬著甘蔗邊吐出渣說：「天要落雨囉，水神會庇佑我們的，早晚子孫會旺的。」她的母親對昔日生活之苦難逐漸遺忘，迎向母親的是平原的美好召喚。

母親在此平原生活的記憶，是她筆墨永恆的碇錨[3]港灣。

品味鑑賞

〈孵育小說的夢幻平原〉一文原刊載於2012年8月號的《聯合文學》，是該期雜誌為了中科搶水事件，所策劃「農鄉筆記」專欄中的一篇。身為雲林作家的鍾文音，響應此事件而寫下此文，既在呼籲我們對這塊土地的重視，也在述明其小說夢的出發點。

濁水溪是台灣的第一大河，流域面積廣及台灣的十分之一，在台灣的歷史上，濁水溪平原始終是最富庶的一塊土地，呵護著生生不息的田園與逐夢的台灣人。然而曾幾何時，農村日漸凋蔽，土地遭受破壞，過度開發帶來環境污染，也深深傷害了孕育我們的「夢幻平原」。

本文以「黃昏過濁水溪，天幕垂得低，雲似搆得著，遼闊平原的農人身影染上金黃，如米勒油畫」作為開端，點出濁水溪平原之美，恰似一幅田園畫家筆下金黃碧綠的畫作。曾經，這是作者寒暑

---

3 碇錨：音ㄉㄧㄥˋㄇㄠˊ。

之間樂於歸返的樂土，卻因石化工業的進駐，讓返鄉的心反而變得更加遙遠。

對作者而言，這塊童年的樂園是她寫作夢的出發點，卻是母親大半輩子的棲身之地。當母親回到故土，品嚐舊日種種的美食，卻只能興起無來由的辛酸，和見證農村的荒蕪。童年照料作者的阿嬤、阿公早已作古，母親出生的老宅仍在，現在卻一切已如夢境。整修過的老街已經失去過往古早的庶民味，只有母親對這塊平原過往的記憶，仍舊成爲老一輩的人們，永恆定錨的港灣。

鍾文音此文，以兩代人對這塊土地的情感，來書寫對故鄉的懷念，更是替母親一代的農村子弟發聲，點出他們生命出發的園地，正遭受嚴重的破壞。文中，她大量以母親的視角，回顧雲林小鎮的過往歷史，以及濁水溪平原的風景特色。

作者的母親，應該是一九五〇、六〇年代，爲了討生活而遷徙向北的一代人。這些北遷的人們爲了給孩子們更好的未來，離開故土前往異鄉奮鬥，然而有朝一日再回到故鄉，卻只見一切物換星移，再沒有自己的立根之處。作者以「夢幻平原」來形容這塊土地的美好，「孵育」既意指著其與台灣人生命的密切相關，也說明所有的創作都離不開自己的母土。若離開我們所生所長之處，生命將永遠失去歸航的港灣，所寫的一切也失去了土地深切的召喚。

 ## 延伸小知識：中科搶水事件

為了中科四期的中期用水，政府規劃沿「南彰化百年水圳——莿仔埤圳」堤防埋設24.3公里長之輸水管。因莿仔埤圳圳水引自濁水溪，濁水溪含沙量為黃河5倍，工程設計需將濁水變成清水送給中科四

期，並調用農民賴以維生的農業用水。

　　莿仔埤圳幹線長39公里、支線共211公里、分線148公里，大大小小的管線像血管，輸送著農作物的生命之水，依靠莿仔埤圳的農地廣達18850公頃。如果水被搶走，所有的作物也將乾枯，農民就只能繼續開鑿地下水，造成嚴重的環境問題。

　　這個搶水工程，從97年彰化縣政府、農委會、水利署、彰化農田水利會、中科管理局協商興建，到100年地方發現、爆發抗爭之前，從來沒有來到地方說明。於是，從100年5月開始，農民北上陳情、抗議數次，包括朱天心、駱以軍、陳明章、陳文彬、吳明益、陳雪、林靖傑等藝文界人士，也現身支持農民。歷經五百多天的抗爭，中科四期確定轉型，引水點從源頭轉向中游，溪州的水源得以確保，也替台灣的土地運動寫下里程碑。

創意閱讀

　　閱讀是寫作的養分，我們從大量的閱讀中觀察作家的寫作方法，累積經驗，就能轉化為自己寫作的靈感。但是如何觀察？要觀察些什麼？是必須掌握的重點？

　　欣賞〈孵育小說的夢幻平原〉時，我們發現，作者從童年時對故鄉的印象寫起，描述那片土地的純樸美好，接著將焦點轉向書寫母親、舊家、阿嬤，藉以呈現故鄉從過去到現在的種種變化過程，目的都是要帶出文章的主題，這樣的手法有引申、聯想的味道。

　　引申，是將主題用聯想力延展開來，轉變成新的意義，最後推出結論的能力，這樣的方式，不僅能促使讀者思考事物之間的關連，更能擴展思想層次。寫作時要能做到提高和擴展，由眼前看到長遠，從

現象認識抽象，由某個時、地想到世代，由此物認識彼物，導引出某種深層的意義。我們彷彿在作者的引導下，將思維如漣漪般展開。

引導寫作

遇到與社會議題相關的作文題目時，我們可以選擇社會上需要關心的某個現象來加以發揮，也可以從社會擴大到關心世界性的議題，比如戰爭、饑荒、失業、天災、溫室效應、基因改造等等，也可以關心政治，例如貪腐、官商勾結，這些問題為人們帶來的災害，是書寫的重點。

從發現問題，進而關心問題，最後在文章中謀求解決之道，提出建議，可以引用世界上成功的例子來佐證，或是提出呼籲和勉勵，以文字來喚起讀者對他人的關懷。寫作時，可以使用問答法中的「只問不答」，先挑起一個疑問，提出目前在社會上還沒有獲得解決的問題，但是這些問題可以帶動讀者一起反思，進而開始關心周遭的事物。

? 問題與討論

日期：＿＿＿＿＿＿＿＿

系級：＿＿＿＿＿＿＿　　學號：＿＿＿＿＿＿＿　　姓名：＿＿＿＿＿＿＿

題目：

1.從〈孵育小說的夢幻平原〉可知，作者對土地懷抱怎樣的情感？

2.作者鍾文音如何藉由書寫母親，來帶出家鄉故土的種種變化？

3.為什麼故鄉的土地，是孵育鍾文音「寫作夢」的地方？

練習想想看

　　請依照題目的要求進行聯想練習。提示：最初聯想到的事物，最準確。一開始的聯想比較刻板，等到跳脫了框架，後面的聯想會比前面的更有創意。

1. **自由聯想**：下面左欄有五個字詞，請由左自右，寫下你從每一個字詞聯想到的事物，每次的聯想都要與前一次的不同。

	1	2	3	4	5

鳥：

海洋：

牆壁：

自行車：

公園：

2. 以「紙杯」為主題，思考以下幾個問題：

請列出至少五個紙杯的特徵：＿＿＿＿＿＿＿＿

紙杯可以跟什麼結合，創造出新東西？＿＿＿＿＿＿

＿＿＿＿＿＿＿＿＿＿＿＿＿＿＿＿＿＿＿＿＿

紙杯除了喝水，還可以有哪些功用？請列舉十個：＿＿＿

＿＿＿＿＿＿＿＿＿＿＿＿＿＿＿＿＿＿＿＿＿

練習寫寫看

　　請以「讓關心萌芽」為題，跟著以下指引的步驟，一步一步的引申聯想。

1. 選定你所想要關心的社會議題。例如<u>流浪漢與戰爭難民</u>。

　　我選擇的是 _____ 。

2. 選一個詞語作為文章的開端，帶起下面的種種聯想。例如<u>犬吠聲</u>。

　　_____

3. 接著聯想到另一個詞語。例如<u>流浪漢（遊民）</u>，並造出句子。

　　_____

4. 再聯想到下一個詞語。例如<u>戰爭難民</u>，並造出句子。

　　_____

5. 最後聯想到一個詞語。例如<u>流浪的心</u>，並造出句子。

　　_____

實作練習

日期：＿＿＿＿＿＿＿＿＿

系級：＿＿＿＿＿＿＿　學號：＿＿＿＿＿＿＿　姓名：＿＿＿＿＿＿＿

作文題目：讓關心萌芽

說明：世界上有許多角落都需要被關心，我們身為學生，也應該關心社
　　　會、關心他人、了解時事，將關懷傳遞到這些幽暗的角落，散播
　　　愛與溫暖。你認為目前社會上有什麼最需要被關心？你的想法又
　　　是什麼？字數約300字。

第 十 課

願　想

凌明玉

寫作背景

　　凌明玉，1969年出生於屏東，高雄長大，定居於台北。現為耕莘寫作班專任導師，出版社繪本主編。曾獲《中央日報》小說首獎及小小說獎、宗教文學獎小說首獎、世界華文成長小說獎，吳濁流文藝獎、教育廳兒童文學少年小說獎、童話創作獎、《民生報》兒童文學短篇小說獎等，少兒傳記故事多次獲得「好書大家讀」年度好書獎。著有小說集《愛情烏托邦》，散文集《不遠的遠方》、《憂鬱風悄悄蔓延》、少兒傳記《動畫大師 —— 宮崎駿的故事》、《我是爸媽的照相機》等十餘本。

　　善於書寫故鄉和童年的凌明玉，總是以其輕盈的步伐，帶領我們回到並凝視生命的某刻。〈願想〉一文原載於2012年9月5日的《人間福報‧副刊》，作者以「願想」為題，描寫人們在許願池前拋物線地拋下銅板的那刻，內心也懷抱著各式的希望，企盼願望能夠一一實現。文章從小時候故鄉高雄的回憶寫起，講述在大河的附近有個

噴水池，還是小女孩的她背向著扔進了一顆糖果，許下人生第一個願望；甚至還折了一條紙船，希望能夠帶著自己的夢想航向天際。長大後，一次在飯店中央貼滿馬賽克的水池前，看到各式的錢幣躺在水底，想起童年自己的願想，以及無數的人們透過這樣的儀式，希望上天也應允自己的企盼。之後，回到故鄉，發現童年的噴水池已經被拆，留下來的只有童年，以及曾經許過的那個綺麗的夢想。

原文閱讀

　　幣值不等的錢幣緊握在合掌雙手，喃喃訴說後，咚的一聲，乾脆俐落，彷若應答。

　　不論在哪裡，遇到許願池，我習慣在池水中擲入想望。隨著拋物線落到清澈水流的願，它存在最虔誠的那一秒，像福馬林保存瞬間，永不敗壞。每丟一個銅板，回應的水聲讓我想起不管我說什麼，你總說「好」，從無例外的答案。

　　平安健康快樂，倘若願望有價，又豈是一枚錢幣所能承載的重量。對著流星許願，願一出口，虛無縹緲，面向池子說出想望踏實許多，錢幣落水，好歹還會回應一聲。長大後才得知許願不是供養三太子，只要棒棒糖和糕餅就行，得丟銅板，和去廟裡添香油錢一樣，這願許了得還，實心實物的返回應許之地償還。

　　記得家鄉大河附近有個噴水池，當時紮著辮子的小女孩背向那裡扔進了一顆糖果。緊閉雙眼、雙手交握在胸前的小女孩，模樣有如池邊的邱比特雕像，喃喃唸了幾句，「老天

爺呀，我拜託您……。」

　　到底許了什麼願呢？或許是小女孩人生中第一次許願，願想純淨，詩句般美好。糖果一下子在紛飛四濺的水光間隙漂浮，小女孩一步一回頭，擔憂糖果爬上池沿，願望會消失。她曾見過有人沾濕衣履，跨步進池將裡面的銅板一把撈起，她以為或許糖果也會影消蹤滅。

　　小女孩細心的摺了一艘小紙船，讓她的願在水上行走，甚至她希望船隻能夠張翅起飛，抵達最接近老天爺的地方。隔天小女孩返回原地，池子裡只剩幾枚錢幣，小紙船也不見了？她想自己的願或許不會實現了。

　　許願等同承諾，當時年紀尚小還不懂必須付出一點代價，也不懂甜美的糖果如同諾言也會隨時間消融。青春匆匆逝去，直到許過無數次的願，才發現曾經勾勒的夢想，如同丟出的錢幣靜靜躺在凝結時空，拋擲的剎那，永遠喚不回。

　　眼前這個池子就赤裸裸攤著眾人的懸念。撿到神燈的幸運兒，不論好壞，尚有三個心願得以迂迴實現，而我不遠千里攜來的願，卻只能在異地陌生場域，恆久停駐。

　　飯店大廳中央這貼滿馬賽克的水池，不少人往水裡投入剩餘零錢，間歇不久就揚起砰砰水花。躺著各式錢幣的池底，水光浮動間漂蕩著大廳上方靜置多國時鐘的魔幻情境，或許拋入池子的銅板並不等同祈求的心，那不過是異國旅途的簽名儀式，彷彿眾人在此簽署了時光保密條款，此時此刻此地，仍是一個有夢待追之人。站在水波瀲瀲的池子

旁，想起了童年的自己，最愛往水裡丟東西、許下願望，有時是太妃糖有時是一顆話梅。身旁有個韓國人卻凝視著池中不同幣值的銅板，嘴裡唸唸有詞，肢體誇張的和同行者交談，似乎在爲整座許願池裡的錢幣估價。我的願呢？無論落在哪裡，我真不願它有價。

旅途中最末一日，在公園遇上了石塊堆砌的簡陋水池，說是昔日浪漫的戲劇場景，在愛情童話發酵之下，旅人們依然往乾枯的池子拋擲錢幣。龜裂的泥地嵌入幾個銅板，只露出上緣的半月型韓幣，是上個季節或前一年留下的心願嗎？不能被池水所涵養的冀盼，是否會折損願力？何況這個願還被卡在泥地，只剩下半個，缺少水源的許願池，許下的願會是支離破碎的嗎？

當我丟擲一個同樣的願，它們落在不同池子，圓圈含混的水聲一響，這種答覆有時令我悵惘，單人行旅時我最摯愛的人並不在身邊。對於願想，我總要得太多。遲疑很久，卻還是背向它、默念，往後拋去。

跌落泥地的錢幣翻滾了幾圈，落在一株小草腳邊，這不像你往常應允的語氣。悶重厚實的一聲，像極了昨日越洋電話中你沉沉的嘆息。是錯覺吧？乾涸的小池子，竟似山谷迴音包覆了整個旅途的問答，熟悉語氣忽然萌生莫名的安全感。這個願或許會因此慢慢長出根來。

回到島嶼南端的家，我們約定在河邊相見。這才發現童年常去的大噴水池早已拆除，池水成爲河流的一部分，曾經專注投擲的錢幣也被覆蓋其中。願已被掩埋，埋藏了過

去，過去那個被執念困鎖的我，希望和憧憬都混雜在海天交界一彎水波裡。

　　站在七座橋樑交握的河水之畔，我的眼光隨波逐流無所依靠，心裡慌慌的，我又成為當時找不到糖果的小女孩，忍住了哭泣的眼睛，亂糟糟的心緒攀在鏡片上結起一層霧。

　　「以後就少了一個許願池了。」你說。

　　你來了，我們一起登上裝飾著七彩燈飾的華麗遊船，看著河上來往船隻，我忽然有種衝動，便從零錢包裡拿出一個銅板，面向著大河，背向身後的你，微笑著在心中投進一顆石子。

　　「我要有一個家。」我說出了童年那個願。這是那一年遇見你時，最美好的願想。

品味鑑賞

　　我們如何丈量生命的光景？如何倒帶傾聽記憶的曲徑與幽光？作者在這篇散文中，透過在許願池許願的事件切入，帶我們一窺童年的夢想，以及無數的人們在許願那刻真摯的企盼。

　　文章一開頭，一個相當鮮明的鏡頭，喚醒了我們對「許願」這件事的記憶。一枚小小的銅板，隨著拋物線掉入水中的那刻，回應的水聲似乎永遠都只會說：「好。」就像作者說的：「倘若願望有價，又豈是一枚錢幣所能承載的重量」。這或許也是為何，人們總想用一枚銅板去兌換也許是無價的願望。但許願是否等於承諾？作者沒有告訴我們答案，而是很快地將時間帶回了童年，當她還是綁

著辮子的小女孩時，曾經在愛河附近的噴水池拋下一顆糖果許願，還摺了紙船希望能讓願望更靠近實現。

　　時序一轉，又回到了現實旅居異地的飯店。飯店中央的噴水池躺著各式各樣的錢幣，也承載著無數的人們，以不同語言許下的願望。旅途的最後一天，作者在公園看到一個簡陋的水池，內心也質問乾涸的水池是否依舊能夠承載著願望？回到台灣後，她重回故鄉高雄，看到愛河旁的噴水池被拆後，內心不免憂傷。而到文章的最後，我們才得知她童年曾經所許下的那個願望是：「我要有一個家。」

　　家與情感的企盼，成為這篇文章隱伏的重要驅動力，也是創作者在字裡行間的鋪陳中，希望讀者能夠深刻感受到的主題。整體來看，這篇文章的情節相當簡單，但是在作者形象鮮明的娓娓道來中，童年的回憶與對故鄉的懷念一一躍然紙上。在那伴隨著溫厚情感的細語中，那一年最好的願想，因為文末的「你」的出現，最終獲得了實現。愛情的添加彌補了我們過去的傷痛和遺憾，這是一個有夢要去追的故事，也是一個美好童年回憶永存的故事。

 ## 延伸小知識：紙船

　　在近代作品中，有不少作家用「紙船」寄意，如洪醒夫的散文〈紙船印象〉、余光中的新詩〈紙船〉和冰心的詩〈紙船──寄母親〉，都是具有代表性的作品。它們有的紀念母親的慈愛，象徵舐犢之情；有的象徵文學才華，可見「紙船」意象的可塑性，對文學及藝術起了不少推波助瀾的作用。

　　事實上，「紙船」的確帶給人們許多不同的想像力。「船」有

著突破困難、乘風航行的意義，富有生命力，想像一艘小船面對茫茫大海，方向無定，正代表了無常的生命。當堅韌的生命力在危險的海洋中乘著風浪時，儘管是弱不禁風的紙船，只要勇往直前，即使被推倒、翻沉，這種精神在我們的心中都是值得留存的。

紙船不僅是交通工具，還是人類逃出滅頂之災的避禍所。在傳說中，方舟是人們賴以生存的珍寶。本文的紙船承載著作者滿滿的希望，航向未知的命運，卻也容易毀壞，一如始終無法篤定確信的「願想」。

創意閱讀

聯想，是人們透過某種觸發，從和主題相關的人、事、景、物，想到另一個有關事物的心理過程，作用是帶出文章的主題。聯想常常能超越事物的表象，深入人的心靈和情感，以揭露人物內在的真實。

本文中的「許願池」是文章的聯想核心，作者從童年家鄉的許願池，聯想到旅途所見飯店前的水池、公園枯竭的簡陋水池，再回到家鄉被拆除的許願池畔，最後將整個大河當成許願池，帶出了種種對「願想」的想像，敘述層次分明。

童年的許願池 → 旅途所見的水池 → 家鄉被拆除的水池 → 大河 → 願想

引導寫作

〈願想〉從童年的許願池聯想到旅途所見的許願池，繼而帶出

「願想」的意義。運用聯想，需要我們用想像力才能打破思想的限制，製造新奇的感受。我們可以從具體的事物或抽象的概念進行聯想，方法有：

1. 接近聯想：A與B兩種事物，因為在時間、空間與關係上接近，而被聯繫起來。這是最常見，也是應用最普遍的一種聯想。例如由桌子想到椅子，由玩具想到兒童，由平交道想到車禍。

2. 類似聯想：從A事物聯想到與他特性相似的B事物，只要兩者在外形、性質、意義上有一點相類似之處，就可以產生關聯。例如從貓想到老虎，從霜雪想到白髮，從菊花想到向日葵。

3. 相反聯想：從A事物的大小、強弱、濃淡、是非、善惡、今昔等截然相反的方向，聯想出B事物，能強化這兩種對立的事物，給人留下鮮明的印象。例如從「冬日」聯想到夏夜、悶熱、扇子、短褲、泳衣等。

？ 問題與討論

日期：＿＿＿＿＿＿＿＿＿＿

系級：＿＿＿＿＿＿＿　學號：＿＿＿＿＿＿＿　姓名：＿＿＿＿＿＿＿

題目：

1.「願想」在人的生命中，具有什麼樣的重要性？請舉例說明。

2.請分享對你而言最重要的「願想」，並說明自己想要如何實踐。

3.當「願想」無法實現時，你該如何面對與自處？

練習想想看

　　以一個「名詞」為起點，往下自由聯想，想出五個詞語，每一個想法都是根據前一個詞語而來。

範例：巧克力 → 情人節 → 牽手 → 月光 → 湖水

1. 銅板→ ＿＿＿＿＿ → ＿＿＿＿＿ → ＿＿＿＿＿ → ＿＿＿＿＿

2. 黃昏→ ＿＿＿＿＿ → ＿＿＿＿＿ → ＿＿＿＿＿

3. 綠→ ＿＿＿＿＿ → ＿＿＿＿＿ → ＿＿＿＿＿

4. 高跟鞋→ ＿＿＿＿＿ → ＿＿＿＿＿ → ＿＿＿＿＿

5. 玫瑰花→ ＿＿＿＿＿ → ＿＿＿＿＿ → ＿＿＿＿＿

請沿虛線剪下

練習寫寫看

1. 請以「許願池」為起點，聯想出五個相關的詞語。

   許願池→＿＿＿＿→＿＿＿＿→＿＿＿＿→＿＿＿＿→＿＿＿＿

2. 請圍繞著「許願池」的核心，寫出與上述幾個詞語有關的小事件。

   事件一：

   ＿＿＿＿＿＿＿＿＿＿＿＿＿＿＿＿＿＿＿＿＿＿＿＿＿＿＿＿＿＿

   ＿＿＿＿＿＿＿＿＿＿＿＿＿＿＿＿＿＿＿＿＿＿＿＿＿＿＿＿＿＿

   事件二：

   ＿＿＿＿＿＿＿＿＿＿＿＿＿＿＿＿＿＿＿＿＿＿＿＿＿＿＿＿＿＿

   ＿＿＿＿＿＿＿＿＿＿＿＿＿＿＿＿＿＿＿＿＿＿＿＿＿＿＿＿＿＿

   事件三：

   ＿＿＿＿＿＿＿＿＿＿＿＿＿＿＿＿＿＿＿＿＿＿＿＿＿＿＿＿＿＿

   ＿＿＿＿＿＿＿＿＿＿＿＿＿＿＿＿＿＿＿＿＿＿＿＿＿＿＿＿＿＿

🌽 實作練習

日期：＿＿＿＿＿＿＿＿＿

系級：＿＿＿＿＿＿＿　學號：＿＿＿＿＿＿＿　姓名：＿＿＿＿＿＿＿

作文題目：心願

說明：心願，就是我們一直希望實現，卻尚未實現的願望。也許是因為
　　　實現的難度太高，或是時機未到，使我們只能停留在「祈願」的
　　　妄想。請述說你的心願，字數約300字。

第十一課

祖靈遺忘的孩子

利格拉樂·阿𡠄

寫作背景

　　利格拉樂·阿𡠄，漢名高振蕙，1969年出生於屏東。大甲高中畢業後，曾與瓦歷斯·諾幹合作推廣原住民文化，出版《獵人文化》，雜誌發行18期後停刊，改組為「台灣原住民人文研究中心」，致力於原住民資訊的保存與處理。創作文類以散文為主，主要在透過原住民女性的觀點，對家族的生命史與族群的故事，進行一系列的紀錄與再創作。曾任靜宜大學台文系駐校作家，現為中原大學原住民專班兼任教師。曾獲台中風華現代詩獎、台灣原住民散文獎、賴和文學獎等。著有散文集《誰來穿我的美麗衣裳》、《紅嘴巴的VuVu》、《穆莉淡─部落手札》，兒童故事書《故事地圖》，編著有《1997台灣原住民文化手曆》等。

　　本文選自《誰來穿我的美麗衣裳》一書。作者描寫自己的母親身為排灣族女性，在十七歲美麗的年紀，被迫嫁給了外省人的父親。父親和母親兩人相差二十五歲，經常被鄰居友人誤以為是父女，加

上語言的障礙，讓幼時家中經常像是無聲的世界。父母之間複雜的情感，還在於個性上的差異，一個一絲不苟，一個粗枝大葉，也常成為婚姻的引爆點。加上後來，輾轉知道父親在大陸還有家室，母親因此一度出走。然而，父母之間的情感其實是複雜的，父親去世時，母親數度因悲傷而昏厥，之後決定回到離開了二十幾年的部落，試圖讓部落與祖先重新記起她這個離開部落的孩子。可以說，作者是以自己母親的親身經歷，道盡了一九五〇、六〇年代諸多原住民少女的生命境遇，並期待她們都有機會能夠回到自己真正的家。

 ## 原文閱讀

　　幾天前，母親在小妹的陪同下，風塵僕僕地遠從屏東山中的部落趕來，我清楚的嗅到母親身上芒果花的香味，恍惚中似乎又回到童年記憶裡燠熱的夏季，媽媽坐在芒果樹下溫柔地哄著我入睡的情境。自從父親過世後，母親帶著對父親的思念回到睽別二十年的部落，療養生離死別的傷痛，長期蟄居氣候溫和的中部，母親當年一身健美的古銅色肌膚，如今已漸漸褪成不健康的青白，若隱若現的血液在泛白的皮膚下流動，隱藏在血管背後的是看不見的病痛。就像離開泥土的花朵終將因失去養分逐漸枯萎，當母親以一身「平地人」的膚色回到部落時，族人紛紛相信這是一個離開族靈護衛的孩子遭到懲罰的下場；因為，母親不是第一個遭到祖先處罰的例子。

　　畢竟是離開了二十年的地方，儘管母親在這裡出生、茁

壯，但是在社會的規範下，選擇重返部落無異於是選擇重新開始生活；漢人社會中，存在兩性之間的對待差異，隨著文化的流通，也慢慢地侵蝕了族人的腦袋，部落裡有色的眼光像把銳利的刀，無時不在切割母親的心臟，「死了丈夫的女人」、「不吉利的家族」等等字眼，如空氣般充斥在母親的部落生活中。看到母親來回掙扎於定居與謠言的苦痛，遠嫁中部的我，幾度衝動地想將母親接出部落，好讓她擺脫流言的中傷，母親卻只有搖搖頭說：「沒關係，習慣就好，大概是我太早就嫁出去，祖先已經把我忘記了，總有一天祂會想起我這個離家很久的孩子；妳要記得常常回來，別讓祖先也忘了妳啊！」

母親在貧窮的五○年代，遠嫁到離部落約有五、六十公里之遠的老兵眷村中，充滿夢幻的十七歲，正是個美麗的年紀；但是在一個動亂的年代裡，為了撫養下面五個孩子，單純的外婆在「離婚掮客」的矇騙下，將母親嫁給了一個在她的世界觀裡不曾出現的地方來的人；同年，母親國小的同學有近一半的女性，像斷了線的風箏，飄出了祖靈的眼眶。認命的母親在被迫離開生養的部落後，專心地學習著如何做好一個盡職妻子的角色，「這是妳外婆在離開家前一天裡唯一交代的事，她千叮嚀萬叮嚀，就是要我別丟家裡的臉，做得好不好，有祖靈在天上看著；受了委屈，祖靈會託夢告訴她，所以一定不能做壞事。」結婚後一年，母親抱著未滿月的我，興奮地回到日夜思念的部落，在中秋月圓的前一夜，趕上一年一度的部落大事——豐年祭。沉浸在歡樂歌舞

中的母親是快樂的，她出嫁前外婆親手為她縫製的衣服，仍安靜地躺在衣櫃中，似乎在等待著主人的青睞，細細的繡工化成一隻隻活現的百步蛇，服貼地睡著了；當母親愉快地穿起傳統服飾，興匆匆的飛奔到跳舞人群中時，族長憤怒的斥責聲赫然轟醒母親——她已是個結過婚的女子，那年母親十八歲。

依照排灣族的傳統，祭典中的歌舞是依身分作區別的，有貴族級、有平民級、有已婚級和未婚級的，這些族規在每個孩子生下後，就有長輩諄諄告誡並嚴守。母親其實並沒有忘記規矩，錯在她太早就出嫁，十八歲的女孩，在部落裡正是隻天天被追逐的蝴蝶，來回穿梭於青年的社交圈裡，但是被快樂沖昏頭的母親，卻意外的觸犯了族規。當她落落寡歡被分發到已婚者的舞群中時，竟發現她許多同窗摯友的臉孔，錯落地出現在這群略顯老暮的團體中；「那是我第一次覺得離部落很遠很……遠！」那天夜裡，母親與其他的同學喝到天亮，聊天中，知道許多女同學和她一樣，嫁到了遙遠的地方，沒有親人、沒有豐年祭、沒有歌聲，也沒有禁忌，一個人孤伶伶地生活在眷村，或客家庄，或閩南聚落裡，除了孩子別無寄託。隔天清晨，母親將少女時期的衣服脫下，仔細地用毛毯包裹好，藏進櫃子的最底層，抱起熟睡的嬰兒，在第一聲雞鳴時離開令她日夜牽掛的部落，同時告別她的少女時代。

回到眷村後的母親，第一次認真地想要讓自己成為「外省人的妻子」，因為她知道，與部落的距離將愈來愈遠，最

後她終會成為被部落遺忘的孩子，成為老人記憶中的「曾有那麼一個女孩……」；但是，有許多事情真的不能盡如人意，就向母親說：「儘管我再怎樣努力，但是身上排灣族的膚色仍然無法改變，我走到哪裡，有色的眼光就像這身黑色一般，永遠跟著我。」為此，母親傷心、憤怒，卻依然無法抹去原住民身分的事實。童年的印象中，母親常常躲在陰暗的角落掩面啜泣，小小的我，不知道母親為何如此傷心。直到年歲漸長，才慢慢地體認到隱藏在她心中多年的苦處：「當你離開家，家裡的人都把你當成外面的人，回家時像作客；而你現在住的地方的人，又把你當成外面的人的時候，你要怎麼辦？」母親曾經不止一次的舉例說給我聽，當時我只天真的想：「再換個地方就好了嘛！」這般刺骨的疼痛，一直到我自己結婚後才親身經歷到，日子就在反反覆覆的情感掙扎中過下去。

　　父親與母親的年紀相差足足二十五歲，敦厚木訥的父親有著一百八十公分高、一百公斤重的巨人體型；而母親玲瓏嬌小、小鳥依人的五短身材，站在父親身旁時，常有不知情的鄰居友人，誤以為他們是父女；在現代生活中，常常聽到這樣的話「身高不是距離，年齡不是問題」，我可以認同前一句話，卻質疑下一句詞。年齡的差距，其實非常嚴重地影響父母之間的相處，小時候，家裡像個無聲的世界，除了語言障礙外，母親坦承：「我真的不知道該跟妳父親說什麼？」現代社會強調的兩性關係與共同生活的必要條件，用父母的婚姻狀況來看，似乎顯得多餘又諷刺。當我上高中

後，一個喜歡爲賦新詞強說愁的年紀，因爲找不到寫散文的題材，自作聰明地將父母的婚姻添油加醋寫成一篇名爲〈歷史造成的悲劇婚姻〉的散文，這篇散文意外地遭校刊主編錄取，那一學期校刊一出版，我興奮地拿回家給父親閱讀，藉機炫耀作品；沒想到，父親看完文章之後，抄起竹條便是一陣雨點般的毒打，直到午夜，被罰跪在客廳的我，仍然不知道一向溫和的父親，爲什麼把我痛打一頓？事後，母親告訴我，當天夜裡父親將那篇文章念一次給母親聽（母親識字不多），他們坐在房裡，無言以對。我才知道，這不是一篇加油添醋的文章，它不但是事實，同時，因爲我的無心，竟深深地刺痛這一對「歷史造成的悲劇婚姻」中男女主角的傷口。

解嚴前兩年，父親輾轉自移居美國的姑姑手中，拿到從大陸老家寄來的家書，離開故鄉四十年的紛雜情緒，因爲一封信與一張泛黃照片的飄洋過海，使得父親幾度涕淚縱橫，無法自持。母親目睹父親情緒的潰堤，驚訝原來在父親的心中，竟有另一個女人已經輕輕悄悄地住了四十年，一時之間，恐懼、傷心、生氣、嫉妒……佔滿她心臟與腦袋所有的空間，在父親還沒從接獲家書的喜悅中清醒的那一晚，母親拎著她所有的家當，悄然離去。我們全家都以爲母親必定是回去部落了，父親帶著我們三個小鬼匆促趕上山，母親的未歸頓時在部落引起一陣騷動，有人說：「母親是跟人跑了。」也有人說：「母親跑去自殺了。」第一次驚覺到即將可能會失去母親，成爲孤兒的恐懼一直侵擾著幼年的我，三

天後，父親在另一個眷村找到母親的蹤跡。多年以後，父親畢竟沒趕上解嚴的列車，「沒能回老家看看」成為父親這一生的缺憾。

　　母親之於父親的情感是複雜的，父親生前一絲不苟的個性，常是母親數落的話題，而母親粗枝大葉的行事方法，常常就是他們之間導火線的引爆點，但也許就是這種互補的個性，多少也彌補了父母親婚姻之間的遺憾。印象中的母親，在父親的護衛下生活，所以一直讓我有股「不安全感」，在我高中聯考那年，母親因為找不到我的試場而當場落淚的記憶，更確定我的判斷是正確的；父親過世那天，母親數度因為過度悲傷而昏厥，身為長女，在見到母親無法處理喪事的情況下，只得一肩扛起父親的身後事，在短短的一個星期中，我能夠很清楚地感受到自己由少女轉型至成人的變化，並開始擔心起一向羸弱[1]的母親該何去何從，父親過世那年，她才三十五歲。

　　父親過世滿七七的那一天，母親臉上出現一股堅毅的表情，那是在父親過世之後，第一次見到她沒落淚，我當時以為她會想不開，做出什麼傷害自己的舉動，在所有的祭祀活動終告結束之後，母親宣布決定搬回部落，「外面的世界已經沒有什麼值得我留戀的。」帶著小妹，母親回到了她曾經發誓再也不回去的故鄉，開始另一個社會對於女性的挑戰，經過生離死別的洗禮，母親終於鼓起勇氣去開闢另一個

1　羸弱：瘦弱。羸，音ㄌㄟˊ。

屬於自己的戰場，社會之於女性是殘忍的，受到道德規範的牽制與世俗眼光的殺傷，女性用「堅忍」二字換來的卻是一身不堪入目的傷痕。當母親帶著芒果花香出現在我眼前時，我知道母親又走過了一段不堪回首的歲月，誠如她自己說：「我用五年的時間才讓部落裡的老人，想起那個他們口中的（曾經有一個女孩……），也用了當初我離開部落再乘以百倍的精力，讓祖先想起好久好久以前就離開部落的那個孩子，因爲這個過程很累、很辛苦，所以我再也不敢離開家了。」僅以這幾句話送給離開家好久好久的原住民族人們。

品味鑑賞

　　阿媳的這篇〈祖靈遺忘的孩子〉，從「母親帶著對父親的思念回到睽別二十年的部落，療養生離死別的傷痛」寫起，以倒敘的手法，描述身爲排灣族女孩的母親，如何在「離婚掮客」的矇騙下，在十七歲的青春年華嫁入外省眷村，「飄出了祖靈的眼眶」。事實上，阿媳的母親並非個案，在一九五〇、六〇年代，大量的原住民少女在掮客的利誘、拐騙下，被嫁到了沒有親人、沒有豐年祭、沒有歌聲，也沒有禁忌的遠方，一個人孤伶伶地生活在外鄉的村落裡，除了孩子別無寄託。

　　這些原住民女孩中有相當大的比例，是嫁給了跟隨國民政府來台的外省老兵。這些老兵有些在大陸原有妻小，但是兩岸的分隔造成了悲劇，他們爲在台灣安定下來，於是又成了家。在這個過程

中，由於經濟上的弱勢，原住民女孩也就經常成為被選擇的對象。然而，就像阿媖的母親所遭遇到的課題，膚色的差異讓有色的眼光始終跟著自己。離開部落後，家裡的人把你當成外人；而在外鄉的村落，又被當成是原住民。在這種永遠的「異鄉人」印記之外，包括現實的語言、年齡上的差別，也往往造成某些悲劇。

　　文中，阿媖寫到自己曾經在高中時，將父母的故事寫作成散文投稿的校刊，回家後向父親炫耀，結果卻換來毒打一頓。這實在是因為她的無心，惡狠狠地揭穿了現實。不過，從文中的描繪，可以看出她的母親在父親的護衛下，仍保有一定的安全感。是以，當父親的過世之後，她的母親選擇離開傷痛回到部落去。只是這種重新尋根，重新要求被祖靈認同的過程，又是另一個艱辛的過程。因為在離去的同時，她們早已成了被「祖靈遺忘的孩子」。

　　這篇文章中，我們可以看到時代所造成的創傷，以及台灣原住民女性的歷史境遇，和重新尋根的歷程。由於本身同時具有外省人與排灣族的血統，在阿媖的作品中，我們也可以看到兩種文化的交叉映現。首先，阿媖從小在眷村中長大，對於父系社會的漢文化傳統有一定的認同；後來又搬回排灣族的部落生活，在母系社會下重新找尋自己生命的根源。這兩種文化的衝突，在她的文章中經常出現，卻也在一定程度上豐富了她的書寫樣態。

　　文中，我們可以看到阿媖以熟練的中文，在流暢的故事講述中，點出社會加諸於女性的殘忍；而作為其中更為弱勢的原住民女性，在道德規範的牽制與世俗眼光的傷害中，必須堅毅地走出一條屬於自己的路，而不要被祖靈徹底的遺忘。

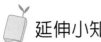

延伸小知識：排灣族豐年祭

在每年七、八月間小米收穫後，排灣族會舉行豐年祭，象徵一年的開始，慶祝小米豐收。豐年祭通常一連五天，儀式繁多，祭場四周搭建了許多傳統的草屋，展示傳統的日常用品、器具與食物，會場中央則搭設鞦韆架。

祭典的重頭戲是歌舞，有祭祖舞、祈福舞、豐年舞、農耕舞等，藉著歌舞將祖先的信仰、習俗、事蹟及喜怒哀樂等情緒，鮮活的表現出來。跳豐年舞時，小孩跳內圈，青少年在第二層的內圈，成人在外圍的第三圈，象徵部落團結；男女青年攜手共舞，互表愛意，結為良緣。最後一天舉行運動會，有鋸木頭、射箭、摔跤等傳統競技，還有負重競賽：排灣族男子扛了四、五百斤的小米，比賽誰走得遠，四周的排灣族女子也趁機觀察哪個男子最驍勇健壯。

豐年祭與原住民的生命相繫，更與一年的禍福貧富有密不可分的關係。雖然現代豐年祭已不如傳統豐年祭以祭祀為核心，但仍然象徵著展望未來、生生不息。

創意閱讀

作文，源自於生活，在創作的過程中就像普普藝術，透過精緻的剪裁，將生活的許多片段（素材），依照重要性與獨特性來區分層次，拼貼成一篇令人難忘的文章。

「拼貼」這個詞，來自法文的coller（膠黏），它既是動詞，也是名詞，在藝術的領域中，是將紙張、布片或是其他材料，按照創作者的心意，拼合黏貼在一個平面上，創作出一件拼貼作品。在寫

作中，則是將許多生活片段細膩的組合起來，如同〈祖靈遺忘的孩子〉，作者將母親的婚姻生活撿取重要的、具代表性的部份拼貼起來，適當裁減，成為具有深刻意義的文章。

　　文章猶如一幅「生活」的拼貼畫，我們以文字為膠，黏合了大大小小的生活片段與回憶，在揮灑想像之餘，又需要適當的剪裁、組織，從眾多材料中披沙揀金，選擇最精采的組織成文。就像普普藝術的圖畫，雖然由不同的色塊拼貼而成，但放在一起又有完整性，關鍵就在於剪裁的技巧。

引導寫作

　　〈祖靈遺忘的孩子〉採用了倒敘的手法，在時序上，先以作者的母親返回部落的「現況」寫起，然後，才逐一交代母親辛苦的婚姻與生活。有時作者為了滿足讀者的好奇心，就會先交代事情的結果，再從事情的開頭，按照先後順序進行敘述，最後再交代出結果和感想，使文章成為一個完整的「圓」。

　　以作文題目「最喜歡的一堂課」為例，開頭可以先寫出對這堂課的喜愛之情，以及班上學習的盛況；中間書寫上課的開始和經過，並描寫教室內的氣氛，接著寫這堂課結束時的情況和同學們的反應；最後，說明你在這堂課得到的收穫。

　　倒敘法，是許多戲劇、電影、小說都愛選用的說故事方法，因為它可以在開頭就造成懸念，增強文章的吸引力，就像一個謎，讓觀眾、讀者忍不住想了解原因，進而解開謎題。如果我們寫作時能用心設計，將倒敘法作為文章的開頭，往往能吸引讀者的目光。

❓ 問題與討論

日期：_____

系級：_____ 學號：_____ 姓名：_____

題目：

1. 你認為膚色與年齡，是否會成為婚姻中的障礙？原因為何？

2. 阿嫣的母親為何要在丈夫逝去後，試圖重新回到部落？

3. 現今社會中女性的地位是否有所提昇？請舉例說明。

練習想想看

1. 請根據指定的作文題目，從下列材料中，選出三個你認為重要的寫作材料，完成50字的短文。

   題目：上學途中。

   材料：刷牙、目擊車禍、沖馬桶、跟隨人群走、吃早餐。

   _____

   _____

   _____

   _____

2. 請將下面的長句，在不影響語意下刪減字句或加標點符號，變成較短的句子：

   材料：雖然大多數人來臨到了親水公園會比較喜歡「水的魅力」，還會參加各種各式各樣的水上遊戲，我卻對國際童玩藝術節的節目中，野外劇場演出的內容特別非常感興趣。

   _____

   _____

   _____

   _____

練習寫寫看

請以「誤解」為題,完成以下三個練習。

一、**開頭**:選擇一件被人誤解的事例,運用倒敘法,先點出遭人誤解的心情和結果,但是主題的關鍵字「誤解」,是直到這段快結束時,才慢慢帶出來,可以營造出情境。

_____

_____

二、**段落**:敘述被人誤解的過程時,使用比喻法,將「誤解」形容成三種不同的事物,並說明道理。

1. 誤解就像 _____

2. 誤解如同 _____

3. 誤解好比 _____

三、**結尾**:運用勸勉法,構思勉勵的句子,勉勵讀者要勇敢的面對誤解,採取積極的做法,將阻力化為助力,以培養樂觀豁達的人生觀。

_____

_____

實作練習

日期：_____

系級：_____　學號：_____　姓名：_____

作文題目：誤解

說明：每個人多少都有被人誤解的經驗，無論事情的大小，誤解總是令
　　　人不愉快的。想一想，你是否也有類似的經驗？或者你曾經誤解
　　　過他人？如何看待「誤解」，思考解決之道？字數約300字。

第十二課

十殿閻君

阿盛

寫作背景

　　阿盛，本名楊敏盛，1950年出生於台南新營，東吳大學中文系畢業，曾任《中國時報》系記者、編輯、主編、主任等職。1994年起，在自宅成立「寫作私淑班」，這是台灣第一個由作家創設的現代文學「私塾」，採取小班制教學，鼓勵文學愛好者創作。阿盛從小生長於鄉間，對於農村生活有著相當深刻的經歷和體會，對於所生所長的土地，也時時懷抱親近與珍惜之心。大學後到台北讀書、工作，正好經歷台灣由農業社會轉入工業社會的劇烈變遷期，對都市化所帶來的人性與價值的衝擊，有著深沉的觀察和感觸。曾獲南瀛文學傑出獎、五四文藝獎、吳三連文學獎、中山文藝獎等，著有散文集《唱起唐山謠》、《行過急水溪》、《十殿閻君》、《阿盛精選集》、《三都追夢酒》，小說集《秀才樓五更鼓》、《七情林鳳營》等三十餘冊。

　　本文原載於1986年3月20日的《聯合報副刊》，是阿盛為好友林

秋田短暫的二十九歲生命所寫。文章以「周成聽人說起台灣地」為始，藉由倒敘的方式，點出自己如何在九歲那年，因為聽講唱故事而認識了林秋田。曾經待過蕃薯市的鹿港婆，帶著身世不明的秋田與秋芬兩兄妹，靠彈月琴賣唱為生。由於家境貧寒，加上個性激烈，林秋田不免成為老師與同學的眼中釘，只有阿盛這個好朋友。畢業後，阿盛繼續升學，念到大學畢業；林秋田則成了學徒，後來當起老大，更殺了人。儘管好友誤入歧途，阿盛仍相當珍惜這份友誼，在林秋田被處死後為他寫下此文。全文在敘述上，藉由唱詞的夾雜，帶出講唱故事這一曾經流行於民間的活動，也帶出佛家「善有善報，惡有惡報」的因果報應之說。

原文閱讀

　　──周成聽人說起台灣地，到處都有好時機，四季如春美光景，有魚有肉又有米。鄉親回來，形容是個金錢淹到腳目的富貴島，加上帶返財銀不計其數，起大厝造大庭，看著不免動起心情。想我周成，人高手長，不去台灣，欲向何方？……當其時，四鄉農作欠收，天公照顧不周，有人典妻做婢，有人賣子做奴。講起那一年──

　　那一年，我九歲，第一次見到鹿港婆。她在我鄉太子爺廟前彈月琴，身旁一盞電土燈[1]，不很亮，卻足夠讓她看清

---

[1] 電土燈：以電土加水產生化學反應為燃料的燈具，照明度比煤油燈亮，不易

楚琴弦及大碗裡有多少銀角紙幣，而且，也許她要藉著燈光隨時看清楚躺在地上的小女兒是否入眠。

鹿港婆還有個兒子。我從他的校服學號得知，他與我同年同校，因為這一層關係，我們互相認識，很快就有了交情。林秋田，他的名是真的，姓林則有點疑問，鄉人說，鹿港婆原是番薯市出身的，番薯市，我鄉特定代稱娼寮妓館。

我不常與林秋田談及他的父母。像我這種在小鄉長大的孩子，差不多都是學會走路就同時開始學會看人家臉色，鄉鄙村野麼，訓教孩子不講究文禮，看對了臉色可以少挨棍子少挨罵。

所以，我未曾在林秋田面前炫耀什麼，他也骨硬，未曾向我借錢。

—— 那一年，周成四處去借錢，東撞西走碰無邊，萬分無奈用心機，賣去最後一塊田。……周成妻月裡，明白伊心意，稟報了公婆，決定讓伊去……周成隻身搭上靠岸船，歷盡風浪來到了台灣——

台灣有句俗諺，大意是說，瞎子的手如仙人的塵拂。鹿港婆正是如此，她的雙眼爛紅半瞎，彈月琴可真有一手，學腔學調，恰合故事中人的性別身分，學女人說話像女人，周

被吹熄。

成說話永遠像周成。

　　——周成踏上淡水港，才知道富貴島上有短長，……站在淡水街頭，舉目但見人來人往，不覺珠淚雙行落，……噫，千辛萬苦過海來，未料有心花不開，唐山娘爹在盼望，叫我周成怎安排？……碼頭邊來了一人，彼人招手大叫，奇怪，叫的正是伊周成——

　　周成到底遇見何人、其後有何事蹟，我只有模糊的概念，因為我沒有聽鹿港婆唱完整段故事，正在故事進入主要情節的時候，父親發現我的月考成績簡直是「……有辱你太祖！」我太祖，父親的祖父，其實該是我稱呼祖太，阿祖阿太，我鄉人是不分的；父親說過千百遍了，我祖太是有大清功名的能人，父親每次氣極了，往往會平白將祖太升一輩，大概是「太祖」二字發音較順口，罵人時會顯得語氣更重。所以，挨打一頓之後，周成與我的關係告一段落。

　　不過，我仍然相當關心周成，我問過林秋田，他含含糊糊告訴我，周成遇見鄉親，找到工作，有了錢卻迷上藝妲，吃喝玩樂，後來錢花光了，被藝妲趕走，想投水自盡，不料碰上貴人，救他一命，周成從此奮發努力，成了巨富，後來又娶一妻，拋棄故鄉髮妻，月裡過海尋夫……結局如何，林秋田也不清楚。

　　林秋田在學校的成績也不好。他有唱歌的天份，可惜生錯了時代，我讀小學那時代，會背誦國語課文的，會演算雞

兔同籠算術題的，才是經常被老師摸頭拍肩的好學生，至於只會唱歌的，那是老師經常用藤條敲頭打手的壞學生。林秋田當然是壞學生。

我天生五音不全，但我也是壞學生。小學六年之中，後三年裡，我和林秋田正似弄獅陣的弄獅人與敲鑼人，有此就有彼。

那三年，過得很快樂，也很不快樂的過了。我與林秋田一同逃學，一同偷果子，一同玩任何想得出來的遊戲。差別在於，我逃學被父親處罰，鹿港婆卻管不了她兒子；我偷果子被逮到，父親得賠償，鹿港婆連賠罪都不必；我玩過頭誤了回家時間，父親一定不饒我；鹿港婆則不一定知道兒子在何時放學。

我考上初中，算是異數，父親認為，像我這樣的人都考得上新營中學初中部，一半要歸因於我祖太的福地風水好。這話當然有點誇張，但是，當年能考上省立新中，算是不容易的，當年，新中的高中畢業生多少還有幾個考得上大學，不比如今。

林秋田沒有升學，他到食油廠當學徒去了。我依故經常找他，他母親早就唱完「周成過台灣」，據林秋田說，周成這一段故事結束，鹿港婆就唱「雪梅教子」，接著是「林投姊」，接著是「大舜耕田」，最後是「十殿閻君」，然後，回到「周成過台灣」。鹿港婆就靠這幾段唸唱故事維持一家生活。

唸唱故事是有轉調轉韻的，唸白並不多，有時候，唸白

與唱詞分不出來，往往似唱似唸，而不論唱唸，月琴不能停，唱一小段，轉個韻，月琴即時跟著轉韻；唸一小段，語氣間歇，月琴即時撥動三兩下。大人們說，撥弦轉調，適韻合詞，聽著容易，實際是有相當技巧的。

可能就是因為唸唱故事有技巧，或是因為收音機逐漸普及，或是因為鄉村人一直喜歡民謠彈唱，鹿港婆居然帶著月琴到廣播電台去唸唱，並且很得聽眾稱讚。轉韻囉，轉運囉，我鄉人這麼說。

鹿港婆轉運，林秋田的運命也轉了，他厭惡食油廠的工作。彼時的食油廠，設備只有一個半自動大炒鍋和幾部半自動榨油機。大炒鍋用來炒芝麻或花生豆，鍋中有四片鐵槳片，炒的時候，鐵槳片轉動，人在一旁，雙手執鏟撥動，以免焦糊。炒熟了，一鏟一鏟取出，平鋪地上，將涼未涼，鏟入預先準備好的圓模中，圓模有兩個圓鐵箍，置稻草為底為邊，豆麻鏟入，箍邊稻草折起覆蓋，可以拿去榨油了。榨油機上有一溝槽，將裝有豆麻的圓模立起排列充滿，人用手轉動榨油機，使機上大圓鐵盤貼緊圓模，電源開放，圓鐵盤推著圓模一分一寸的推動，油逐漸滲出圓模。先是一點一滴，當圓模被推擠到溝槽長度的三分之一處時，油大量的流出，落入溝槽底部，溝槽底部稍有傾斜，油順勢流向溝槽一端，油桶就在彼端。待到油榨乾了，轉退圓鐵盤，取下圓模，圓模中的豆麻渣已然乾硬，除掉鐵箍，剩下的就是圓豆餅。

光是搬置圓豆餅，就夠累人了，一個個直徑兩尺，厚如

兩包新樂園香菸平疊，其餘諸般作業更不用說了。林秋田曾經向我訴苦幾次，我原想勸勸他，好好做，莫要對不起辛勞賺錢的母親，後來思量了一下，說不得，其一，提及他母親等於傷他自尊心，其二，我自己都已經被父親視作不良少年了，偶爾還打架扯破船形帽與制服，沒那個臉皮訓勸他。

倒是鹿港婆不時在廣播節目中勸人爲善。她的唸唱故事似乎多了幾段，斷斷續續聽過一些，例如「萬金乞者」、「義賊廖添丁」、「勸世歌」等等。不知她是怎麼編出來的，尤其是勸世歌，詞韻清明，婦孺皆懂；通常，節目開始，接續前日故事之前，她先唱一曲，起頭大致是這樣的：「我來唸歌哦──，給台南縣人聽哩──，不收銀角哦──，免心驚哩──，勸汝做人要端正，人間到處好步行，子孫自有子孫福，這世爲善萬世名──」

鹿港婆大概沒想到，她天天勸人爲善，反倒自己的兒子不走正路。林秋田加入新營大道公廟幫，時在我升上初三那一年。

此後，我們在火車驛頭跟林秋田一夥人對打過一次，那是爲了雙方都有人爭著向同一個女生示好。林秋田的勇狠，我眞正見識了，他不肯打我，卻揮舞棍子擊傷許多人。

父親揮舞的棍子更大，打得更狠，我被他痛擊了整整一頓飯的時間，另外在祖太的神主牌前跪了半天。

說來也怪，我下決心不當小太保，竟是鹿港婆感化我的。就在即將投考高中那一陣子，我被禁足，只好聽收音機

解悶，聽到鹿港婆彈唱廖添丁故事，時日一久，愈聽愈有興味，也觸發了讀武俠小說的念頭。於是，沒閒功夫結黨遊蕩了，我鄉立時少了一個小流氓。

幾乎就在我變成乖孩子，而且考上高中的同時，大道公廟幫產生了一個大流氓。此人，缺一足一耳，曾經被關過七、八次，最後一次出獄後，他重整大道公廟幫，自命頭人，立規矩向商家收保護費，向客車收抽頭金，向賭場收地盤錢……並且向鹿港婆恐嚇，要她每個月拿出一筆錢，否則要拉斷她那支月琴上的每一根弦。

大流氓是賣冰棒、油條出身的，他顯然沒讀過《水滸傳》、《七俠五義》之類的書，江湖道上最忌諱欺負女人，再且，他太蔑視林秋田。

林秋田雖是乞婦之子，可從不接受羞辱，這一點，我比誰都清楚，可惜，大流氓不認識我，不知該向我打探，要不然，他不會傷得那麼慘。他的另一足被林秋田砍斷，活是還活著，可是活得有點回頭，他失了威風，沒錢過日子，只好重操舊業賣油條。

高中三年，我只見過林秋田一面。他犯科逃亡，忽一日，來到我家，父親應他要求，不說一句多餘話，遞給他一萬元，我附加自己的儲蓄，他全收下了。臨別，我與他閉門談了許久，他沒表示是否接受我的告勸，只請我多看顧他老母和妹妹。

林秋芬是林秋田的妹妹，她是個有志氣的少女，長相完全不似其母。

林秋芬的功課成績很好，鹿港婆頗以此為傲。對於女兒立志將來考大學，鹿港婆既得意又擔憂，她根本沒什麼錢，更糟糕的是，就在林秋芬讀高一那一年，突然冒出一個中年男人，自云是林秋芬的生父，逼鹿港婆認帳，他打算帶走林秋芬。

　　依照我鄉人的猜測，中年男人與鹿港婆有過關係，他可能有所用計，林秋芬若是落在他手裡，遲早會被送進番薯市去。

　　鹿港婆氣病了，廣播電台的節目空了下來。她這一病卻救了女兒，林秋田無聲無息的出現在新營。

　　根據事後的查問，林秋田並沒有忘記老母小妹，他躲此藏彼，不離廣播電台的電波發射範圍，數日接連聽不到老母彈唱，他心知有異，深夜趕回家中。結果，中年男子於大腿挨刺一刀之後，坦承騙局，倉皇逃離。

　　林秋田則來不及再逃離，兩案併發，他被判刑六年。

　　我好不容易考上大學，已是二十四歲，父親這才收拾起「太祖」二字，雖說他認為我與小我四歲的林秋芬同年考上，多少有點失顏面，不過，他總算沒再歸因於我祖太的福地好風水。我撿回了自尊，真正努力向學；特別是台灣民俗歌謠，接觸了古代文學，我愈發深入感悟到民間謠唱是有著長遠的淵源。

　　我終於又聽到鹿港婆的彈唱，在台北的廣播電台深夜節目中，那是錄音帶播放。我從頭到尾聽完一段「十殿閻君」，並且將之與唐朝變文做比較，擴及鼓詞、彈詞。我

不免心弦撥動。鹿港婆，一個以彈唱故事維生的不識字女人，她的手口彈唱出來的，竟是足以讓文學博士研究的大學問呢。

　　——學問二字不敢講，世間無人通千章，有人不信神鬼事，不信的人總受殃……今日要唱地獄府，男女請你聽十足，孔子不敢談怪力，吾人不文但從俗，……聽倌，這第一殿算來是頭一關——

　　關了三年六個月，林秋田出獄了。陸陸續續自故鄉傳來的音訊，我得知他正式統領大廟幫，他專吃賭場酒家，他置產造屋，奉養老母。鹿港婆自病倒後未再唸唱故事，雙眼全瞎了。

　　林秋田結婚那天，我特地趕回故鄉，一見面，他不說一句多餘話，遞給與我同往道賀的父親三萬元，多出的是利息，他堅持。老友相見，我不看他臉色，狠狠數說他，並刻意提醒他有天生的音樂才能，可又我心裡有數，即使林秋田當年確實想在唱歌方面發展，那一份夢想恐怕早被老師的籐條打碎了。

　　——這關冥王是秦廣，威嚴令人心打碎，在世不守家中規，到此祖先受連累，……二殿冥王是楚江，糞尿池中多骯髒，陽間拐誘良民婦，墮入其中罪應當，……三殿冥王是宋帝，專設挖眼小地獄，有錢仗勢欺侮人，陰法報應失雙

目，……講起第四殿，冥王是五官，這殿毒蜂沸湯齊準備，對付流氓騙子和奸偽，聽倌，且問世人忙什麼？都為三餐忙不休；想什麼？都為妄念昏了頭；等什麼？回頭是岸向道修——

肯定林秋田沒有回頭。我讀大三時，他又在新營殺了一個人，這次用的是槍。消息傳來，他別母拋妻棄子，重又出亡，警察要抓他，黑道要追他，他卻來找我了。

在我租住的小屋子裡，我們徹夜長談。面對這麼一個幼年玩伴，我慨嘆萬千，幾度掉淚。他痛哭流涕，由於敬重我是個讀書人，他以近乎向兄長訴說的語氣，道出以前從未說過的心思，他恨生他的父親，那個連長相都沒見過的父親，他恨貧窮，恨自己的母親手上那支月琴，恨老師徹底摧毀他的自尊心，恨人世的勢利，恨刻薄嘲笑他的小學同學，恨食油廠老闆的寡情壓榨，……恨一切，包括當年那些站在電土燈前聽故事的人，還有老天，老天瞎了雙眼。

我無法附和他說得全對，我眼見林秋芬躺在冰涼的地上，眼見她用小手持扇搧灶口，眼見她被小孩笑罵，眼見她在燭前唸書，……也眼見她排除一切困難讀大學。

林秋田走了，他在晨光中倉皇走路，我想道再見，卻開不了口。

——修道免開口，只看風吹與水流！……五殿是森羅，……卞城王在第六殿，……七殿有個泰山王，……八殿

是平等，……都市佔在九殿上，……最後一殿轉輪王，……聽倌，人生總有不如意，萬事看破免憂愁，善惡全憑一念生，天堂地獄在心頭——

　　我心頭上牽掛的大事畢竟發生了。林秋田來不及參加我的畢業典禮，他的仇家追殺他，在三重市，他開槍打殺一人，打傷一人；隨即，在嘉義市，警察圍捕他時，他開槍打傷一人，之後被捕。

　　我進入一家大報社服務，上班第三天，報上刊出林秋田被判處極刑定讞的新聞。

　　我多方打探，設法會同林秋芬面見獄中的林秋田。三人相望，一時不知從何說起，我想起過往的諸多事情，百感交集；童稚歲月裡的影象，霎時紛紛湧入心頭……。我站在鹿港婆面前，林秋田很不自在，我故意站遠點，他的眼睛不時斜望我一眼……。我掏出銀角子，輕輕放入大碗裡，林秋田轉過臉去……。我故意將蛋肉偷偷塞在他的餐盒中，他忿怒的夾出丟掉……。我出拳毆打嘲笑他的同學，他推開我，獨力撲打……。我們去偷番薯，他挑出碩大的包起來，說是給母親和妹妹……。他到我家玩，進門先掏出所有的衣袋褲袋，出門一樣動作……。他從來不曾打過偶爾不小心冒犯他的好學生……。

　　我們三人只說了幾句話，時限將屆，林秋田問起老母，他要求一件事，他很想從頭到尾聽一遍「周成過台灣」的故事，在閻王爺催命符到來之前。我答應他，日後帶錄音帶和

錄音機給他。

　　林秋田終究沒有再聽到鹿港婆沙啞的語音。鹿港婆過世的消息突然傳來，我火速回鄉，送她上山頭，處理事情結束，在北上的列車上，我看到了短短一則新聞——

　　那一年，林秋田二十九歲。距離我第一次見到鹿港婆，恰是整二十年。

品味鑑賞

　　阿盛的散文素以真情流露、講述故事精彩為要。在鄉村與都市間遊走的人生經歷，讓他在創作上不僅擅長於鄉土書寫，對於都市生活所帶來的人性異化，同樣有著精彩的描繪。在這篇散文中，我們可以看到他對幾個關鍵人物——尤其是林秋田，精彩的描繪。

　　文中，鹿港婆娼寮妓館的出身，反映出林秋田家境清寒、身世不明的不幸。他在學校遭受老師與同學異樣的眼光，最後選擇走上歹路，似乎是不可避免之事。但是，與林秋田一同成長的阿盛，乃至於妹妹林秋芬，卻是力爭上游，最後一同考上大學，走上完全不同的道路。表面來看，林秋田雖然具有講義氣、孝順、不貪財等正面特質，卻因無法克服種種的困境，讓自己隨波逐流，走上無法回頭的江湖路。這樣的結果，對比於鹿港婆到電台去轉播唸歌仔常常勸人要向善，也不免令人感到欷噓。

　　我們知道，西方在詮釋文學中的悲劇時，經常根據所發生的原因，將其區分為「命運悲劇」與「性格悲劇」。在「命運悲劇」中，主角與現實之間不可調和的衝突與悲慘的結局，成為其中最主

要的內容。至於「性格悲劇」則多寫主角因為性格上的弱點或偏見，而讓自己深陷苦痛的境遇。從這篇文章的敘述來看，林秋田並不是沒有改變自己命運的機會，而是他的性格讓自己選擇了負面的道路，成為殺人不眨眼的黑幫，遭受必然的報應。

　　此外，這篇文章最特殊之處，在於採用了「韻文」、「散文」的複調結構，加上頂真的修辭應用，讓故事在鹿港婆講唱的故事，以及阿盛、林秋田成長的歷程間不斷流轉。「韻文」的部分，先是唸唱了「周成過台灣」的故事，而後在阿盛聽到鹿港婆在廣播結束唱「十殿閻君」後，也跟著轉變為「十殿閻君」。前述這兩條線的相互穿插，讓語言在淺白的敘述與唱詞的文雅間延展開來，林秋田、阿盛等人的生命遭遇，竟也恰似戲文般的起伏。文章最後，並未將林秋田的死訊寫出，而是用「一則短短新聞——」來處理，保留給讀者沒說破的想像。至於末尾的「那一年，林秋田二十九歲。距離我第一次見到鹿港婆，恰是二十年。」則是呼應了文章的開頭，點出自己與林秋田相識二十年的句點，也表明了善惡經常只在一念之間，人生在世不能不小心謹慎。

 ## 延伸小知識：十殿閻君

　　十殿閻君分別是：第一殿，秦廣王蔣；第二殿，楚江王曆；第三殿，宋帝王餘；第四殿，五官王呂；第五殿，閻羅天子包；第六殿，卞城王畢；第七殿，泰山王董；第八殿，都市王黃；第九殿，平等王陸；第十殿，轉輪王薛。

　　閻羅王，源自於印度教神祇閻摩，隨佛教一同傳入中國，成為中國的民俗信仰之一。中國人相信，閻羅王掌管了陰間地獄，人死後都

要歸向陰間，接受閻羅王的審判。佛教傳入中國後，佛教中的神被民間信仰加以改造，同時，佛教本身為了融入當地也主動本土化，以適應新的社會環境。於是佛教中原本只有一位閻羅王，演變成為「十殿閻羅王」。

「十殿閻羅王」的說法可能出於唐代以後，根據推測，在宋朝時，閻羅王已經成為「十殿閻羅」的第五殿之王，而且被認為是由北宋的大臣包拯擔任。在中國民間傳說中，包拯是公正的象徵，所以他死後成為閻羅王，繼續審理陰間的案件。

創意閱讀

如果說，抒情是個感性的美女，記敘就是較為理性的男子，然而無論是男子或女子，也都同時擁有感性和理性。有些文章雖然主要在敘述事件，但也可以針對需要結合抒情的成份，例如本文〈十殿閻君〉中，在說故事之餘，夾雜了感性的唸白，會使得文章能因為情感的抒發，而顯得更有魅力。

欣賞這類將說唱藝術帶入散文的文章，要觀察的是它的剪裁是否巧妙，就像在玩拼貼一樣，拼得恰到好處，就是藝術品；沒有目標的胡亂拼貼，就會不知所云。因此，文中的唸白（情）最好跟著敘事走，要情隨事轉，讓唸白的部份隨著事情的發展而有不同轉折，才能顯出兩者結合的密切程度，是否相輔相成，或揉合得恰到好處。

引導寫作

在自然界中，生物要找出不對稱的特徵還真不多，可見對稱、

平衡是自然的法則，例如葉子的葉脈是左右對稱，人的五官也是。對稱的觀念，被應用在所有關於形狀及大小的物件設計上，在珠飾、傢俱、編織、樂器等，都可找到對稱。而運用在作文，則是利用比喻、象徵的對稱關係來思考題目，可參考以下的寫法。

如果作文的題目是「喻體」，就找出喻依來寫，比如「春風」比喻師長和藹親切的教育，就拿師長的教導當成作文主軸。

比喻對稱： 喻體 ←→ 喻依 （師長的教導←→春風）

如果題目是「象徵」，就找出被象徵的事物來寫，如「路」象徵溝通，就談人與人溝通的問題。

象徵對稱： 象徵 ←→ 被象徵物 （溝通←→路）

又如本文的〈十殿閻君〉，寫的其實是它的象徵意義和林秋田的故事，而不是「閻君」本身。我們要將這類以具體事物命名的題目，連繫到現實生活，由物及人，而不能單純只寫題目的表面意義。

? 問題與討論

日期：_____

系級：_____　　學號：_____　　姓名：_____

題目：

1. 阿盛與林秋田為何走上完全不同的道路？其關鍵為何？

2. 你認為林秋田的結局，是命運悲劇還是性格悲劇？

3. 你是否認同「患難見真情」？請舉例說明。

練習想想看

　　請按照題目的要求寫成一段小短文，並引用材料提供的詩詞等韻文，使你的短文成為韻、散夾雜的形式。

1.題目：回家。韻文材料：床前明月光，疑似地上霜。舉頭望明月，低頭思故鄉。（李白〈靜夜思〉）

_____

_____

_____

2.題目：離別時刻。韻文材料：多情自古傷離別，更那堪、冷落清秋節。（柳永〈雨霖鈴〉）

_____

_____

_____

3.題目：秋景。韻文材料：枯藤老樹昏鴉，小橋流水人家，古道西風瘦馬。（馬致遠〈天靜沙‧秋思〉）

_____

_____

_____

練習寫寫看

　　請透過以下三個命題，一步步的構思作文題目「面具」的大綱。

1. **審題**：題目是「面具」，我們就要思考面具抽象的意義是什麼？請列
　　出三點。

_____

_____

_____

2. **段落**：面具是經過美化的臉，說明無論戴的是怎樣的面具，「戴面
　　具」的舉措都是生活必要的。請舉出三個生活上會需要戴面具的例
　　子。

_____

_____

_____

3. **結尾**：最後可以鼓勵讀者拿掉面具，說明拿掉面具代表了什麼意義？
　　沒有面具的生活是怎樣的？

_____

_____

_____

191

實作練習

日期：＿＿＿＿＿＿＿＿

系級：＿＿＿＿＿＿＿　學號：＿＿＿＿＿＿＿　姓名：＿＿＿＿＿＿＿

作文題目：面具

說明：面具是戴在臉上的裝飾，保護臉部的工具。面具有娛樂的效果，
　　　也有阻擋、遮掩的功能。除此之外，面具還有什麼意義？請從自
　　　己的生活經驗出發，寫出你對面具的看法。字數約300字。

老師的十二樣見面禮

簡媜

寫作背景

　　簡媜，本名簡敏媜，1961年出生於宜蘭，國立台灣大學中文系畢業。大學時代即在文壇嶄露頭角，畢業後先後任《聯合文學》、遠流出版公司、實學社編輯，也曾與陳義芝、張錯等人創辦「大雁出版社」，現專事寫作。曾自詡為「不可救藥的散文愛好者」，其創作多元、題材多變，為台灣當代重要的散文家。曾獲中國文藝協會散文創作類文藝獎章、梁實秋文學獎、吳魯芹散文獎、《中國時報》散文獎首獎、台北文學獎散文獎等。著有《水問》、《只緣身在此山中》、《月娘照眠床》、《私房書》、《下午茶》、《夢遊書》、《胭脂盆地》、《女兒紅》、《紅嬰仔：一個女人與她的育嬰史》、《天涯海角：福爾摩沙抒情誌》、《好一座浮島》、《微暈的樹林》、《老師的十二樣見面禮：一個小男孩的美國遊學誌》、《誰在銀閃閃的地方等你等：老年書寫與凋零幻想》等二十餘冊散文集。

本文節選自《老師的十二樣見面禮：一個小男孩的美國遊學誌》。2006年夏天，因為先生到CSU（Colorado State University）短期訪問的需要，簡媜一家三口遠赴美國科羅拉多州旅居四個月。為了不讓孩子中斷學業，因此進入當地的小學就讀四年級。這本書的文字，最早誕生於簡媜向親友報告在當地的所見所聞。由於姚頭丸（簡媜的兒子，姚小弟，因姓姚，頭大如丸，書中被暱稱為「姚頭丸」）回家總向母親報告學校生活與台灣有很大的不同，簡媜於是有了寫作這本書的念頭。本文寫的是新學期的開始，孩子第一天到學校上學，回到家後媽媽詫異地發現書包裡頭沒有功課，只有一個牛皮紙袋，裝有老師所送的十二樣見面禮：牙籤、橡皮筋、OK繃、鉛筆、橡皮擦、口香糖、棉花糖、巧克力、面紙、金線、銅板、糖果，及一張粉紅色的信。這樣富有人文氣息與溫暖情懷的禮物，帶給了孩子啟發與歡欣，也讓身為母親的簡媜，對文化與教育有了不同的思考。

 ## 原文閱讀

　　「放輕鬆不要緊張，這裡的老師都很親切，沒什麼是難得了你的對不對。看到老師要打招呼，讓他們知道台灣來的小朋友都很有禮貌。上課要專心聽，聽不懂也要聽，聽久就懂了，不明白的地方要問。兩塊錢放好別丟了，午餐時記得帶去交，不要第一天就給人家白吃白喝，知道嗎？」

　　「知道了。」

　　「午餐不要選油炸的。」

　　「好好好。」

「好你個頭，敷衍我，到時你一定忘光光。上學有沒有信心？」

「有啦有啦！」

「上課專心不能亂講話喔！」

「好，我走了，媽，再見。」

「再見，祝你好運！要記得多喝水喔！」

（唉，這個媽媽怎這麼囉嗦！）

這是開學的第一天。我們暫時住在南區的租屋，待月底CSU的宿舍空出去再搬去。此處離學校較遠，姚同學開車先送小姚去Dunn，再去CSU幹活。我一人在家讀書寫功課非常快活。

落地已數天，生活初步安頓。姚頭丸吞了幾個漢堡打了幾次球後，原先的緊張與壓力一掃而空，也習慣哇啦哇啦講英文，滿口ok ok，sure sure，反正給它「凸落去」，聽不懂是別人的事不是他的責任。

自從借到一個大同電鍋，我這個「全陪」已能供應三餐，還做了壽司。美式生活不鼓勵花太多時間在廚房，超市有很多處理好的菜、肉，很得我的歡心。這裡的水質是高山溶雪，甘美無比，可生喝，帶來的烏龍茶用這水泡，特別甘醇。既然老小二姚都去上學，我首要之務是好好使用這大屋，才不辜負一日七十元房租。

下午四點多放學歸來，姚小弟心情不錯，大老遠就聽到聲音。他似乎有一種天生的適應環境能力是超乎我們想像的，一進門就嚷嚷：「媽，我交了七個朋友！」他唸出一串

名字。「不錯不錯，第一天就立下豐功偉業！」我說。

「但是，鬧了一個笑話！」他說，上體育課時（兩班各一半混在一起，另一半上音樂課），老師要男女生分開各排一隊，他很雞婆地對一個長髮小朋友用不靈光的英文說：「You are girl, you must go there!」

小朋友回答：「I am a boy.」

我笑著說：「你的眼睛放口袋嗎？連男女都分不清就去指揮交通！」

「他留長頭髮耶！看起來像女生！」姚頭丸說。

「誰說男生不可以留長髮，穿裙子也可以哩！你留長髮我幫你綁辮子要不要？」

「不要不要。」

姚小弟的書包裡沒有功課，只有一個牛皮紙袋。打開看，掉出牙籤、橡皮筋、OK繃、鉛筆、橡皮擦、口香糖、棉花球、巧克力、面紙、金線、銅板、糖果。我乍看以為他把食物垃圾全裝在一起，正要開訓，忽然看到一張粉紅色信，看了才恍然大悟，甚至有點感動。

級任老師Reines小姐首先歡迎小朋友進入四年級，接著說，這個紙袋裡的東西可能有點怪，但象徵一些訊息，當你看到這些東西，希望提醒你想起這些訊息。她寫著：

第一件牙籤，提醒你挑出別人的長處。

第二件橡皮筋，提醒你保持彈性，每件事情都能完成。

第三件OK繃，恢復別人以及自己受傷的感情。

第四件鉛筆，寫下你每天的願望。

第五件橡皮擦，提醒你everyone makes mistakes and it is OK。每個人都會犯錯，沒關係的。

第六件口香糖，提醒你堅持下去就能完成工作。而且當你嘗試時，你會得到樂趣。

第七件棉花糖，提醒你這間教室充滿和善的言語與溫暖的感情。

第八件巧克力，當你沮喪時會讓你舒服些。

第九件面紙，to remind you to help dry someone's tears，提醒你幫別人擦乾眼淚。

第十件金線，記得用友情把我們的心綁在一起。

十一，銅板，to remind you that you are valuable and special。提醒你，你是有價值而且特殊的。

十二，救生圈（救生圈形糖果），當你需要談一談時，你可以來找我。

一個老師大費周章準備二十三個紙袋，確認每個紙袋都裝齊了十二樣東西，開學第一天，送給每個孩子當見面禮，還寫了信，充滿濃厚的人文氣息與溫暖情懷。沒有一件提醒作業考試測驗卷評量練習簿，也沒提醒安靜守秩序準時處罰，卻提醒「你是有價值而且特殊的」，提醒「挑出別人的長處」，提醒「記得幫別人擦乾臉上的眼淚」。

我想起幾個朋友的孩子在台灣時學習成果不佳，到國外卻拾回信心，原因可能是老師第一天就告訴他，你是有價值的，你是特殊的，而不是你怎麼這麼笨，你很蠢，除了吃飯還會做什麼，你簡直是多餘的……。

作為媽媽，誰不希望開學第一天孩子得到這樣一個牛皮紙袋呢？

　　我忍不住想，牛皮紙袋裡裝的是一顆什麼樣的老師的心？

品味鑑賞

　　書中，姚頭丸所就讀的這所小學，全名叫作「Dunn International World School」，簡稱「Dunn I.B. School」，位於柯林斯堡城北。根據作者的描述，那原本是一所學生嚴重流失、招生面臨困境的學校。後來，在新校長的再造下，引進國際認證學程，滿足外國的學生與訪問學者子女的需求，加上辦學風評佳，吸引學生回流，成為當地數一數二的小學。在這個學校裡頭，國際學生占了五分之一，不同國家的孩子齊聚一堂，儼然個是小型的聯合國。

　　會把孩子送到這邊的家長，多半也都認同地球村國際公民的觀念，希望孩子能在跨文化的氛圍中學習，開闊其視野與豐富的人生觀。本文寫到，開學的第一天，剛在開始適應環境的姚小弟，竟然就交了七個朋友，還很雞婆的用不靈光的英文，與一個長髮、貌似女孩的男生說話。這已經在告訴讀者，這是一個讓孩子不會感覺到壓力的環境。更特別的是，老師準備了一個牛皮紙袋，裝滿十二樣的禮物與一封信。

　　光是這十二樣小物，本身似乎沒什麼了不起的地方，但是級任老師Reines所寫的信，賦予了這些東西獨特的意義與價值。這裡頭的每一樣東西，都在直接或間接的給予孩子溫暖與鼓勵。比方說，

牙籤象徵著「挑出別人的長處」，OK繃希望能「恢復別人以及自己受傷的感情」，銅板象徵著「你是有價值而且特殊的」，救生圈（救生圈形糖果）則是告訴學生：「需要談一談時，你可以來找我。」

相較於台灣，在開學典禮時，老師常常是教條式的宣布課堂規矩，或者一開始就交付考試或作業。外國老師的這十二樣禮物，卻是要孩子從具體的日常事物中，瞭解任何的事物都有其價值，在日常中學習溫暖的情感、嘗試的樂趣、從過錯中成長、適時的付出或接受別人的關懷等，更重要的是，了解自己是特別的、有價值的。這牛皮紙袋中所盛裝的，自然是熱切而且開闊的「老師的心」。

有趣的是，簡媜在這趟旅行的最後，也送給了孩子九樣禮物，它們分別是：葉子、秤、炭、筷子、鐵釘與榔頭、一把鏟子、四把鑰匙、書以及一個盒子。這些東西正好與開學老師所送的十二樣禮物，有了相互呼應的效果。

 ## 延伸小知識：見面禮

見面禮指初次見面時餽送的禮品，多指年長對年幼的餽贈。小輩初見長輩，應向長輩行禮，長輩則送給小輩一些禮品或錢幣，謂之「見面禮」。分為：

1. 第一次見面時送的禮物。如《通俗常言疏證》卷二引《金陵雜誌》：「新人行家庭禮，俗謂之『分大小』，自尊卑以及親朋，皆受兩新人參拜。受者拜後各有所贈，謂之見面禮。」古典小說《兒女英雄傳》第二八回說：「褚大娘子是繡繡領面兒、挽袖襯袖兒、膝褲之類，都送了見面禮。」

2. 引申為初次接觸、相見。如胡適《科學與人生觀‧序》云:「中國人的人生觀還不曾和科學行見面禮呢!」鄒韜奮《萍蹤寄語》一〇三:「十九晨到克里米亞西南尖端的名城塞瓦斯托波爾,和碧綠汪洋的黑海作破題兒第一遭的見面禮。」

創意閱讀

〈老師的十二樣見面禮〉中出現的幾樣「禮物」,每一樣都只是日常生活常見的平凡事物,但是在老師賦予象徵意義以後,就變得涵意深遠了。所以認識象徵手法、解讀象徵意義、學習運用象徵符號,就成為欣賞本文的重點。

象徵是借用有形具體的事物,表現無形抽象的觀念。當我們要表達某種抽象的觀念、情感與看不見的事物時,不直接描述,而透過另一種意義相近的事物當媒介,用間接的方式傳達,讓讀者體悟到事物背後所蘊涵的哲理情思,也就是「弦外之音」。

要注意的是,事物和象徵意義之間的關聯必須相似或相近,並選擇切合主題的象徵物作為媒介。比如蓮花出污泥而不染,是君子的象徵;吳三桂「衝冠一怒為紅顏」,紅顏象徵美女;男士送女友玫瑰,象徵了愛情與浪漫。這些象徵都能引發讀者的想像。

引導寫作

〈老師的十二樣見面禮〉中,這位老師在開學時送給學生們十二樣小物,當老師賦予禮物象徵意義後,這幾樣禮物就變得具有特殊意義了。我們將這些禮物組合起來,可以歸結出牛皮紙袋裡裝

盛的，其實是一個老師送給孩子們的「愛心」。這麼說來，這十二樣禮物就像童話〈糖果屋〉裡的「麵包屑」，又像是故事中的「伏筆」，等待讀者拼湊成完整的意義，這就是「組合」的概念，是一種創意的寫作方法。

　　創意，就是連結和組合各種不同的事物，成為另一個新事物。組合恰當的話，就如同一台MP3（收音機＋錄音筆＋隨身碟）那麼令人激賞；如果組合不當，就像在霜淇淋加上貢丸口味，很不協調。文章中，這十二樣見面禮就是完美組合的範例。組合是化零為整的綜合能力，從看似無關的事物找出關連，只要善用組合，就能使文章構思具有開創性。

? 問題與討論

日期：_____

系級：_____　　學號：_____　　姓名：_____

題目：

1. 〈老師的十二樣見面禮〉中的十二樣禮物，你最喜歡哪幾項？原因為何？

2. 你認為文章中的老師，希望在班級裡營造什麼樣的氣氛與文化？

3. 如果班上有交換禮物的活動，你最想送什麼東西給同學？

練習想想看

　　象徵背後的意義多半是約定俗成而來的，例如「梅花」象徵「堅忍」，是大家共有的認識。以下列出幾個象徵物，請指出它們象徵的意義。

一、入門練習：

　　1. 紅色象徵（　　　　）。

　　2. 白色象徵（　　　　）。

　　3. 綿羊象徵（　　　　）。

　　4. 蝙蝠象徵（　　　　）。

　　5. 蘭花象徵（　　　　）。

　　6. 牡丹象徵（　　　　）。

　　7. 菊花象徵（　　　　）。

　　8. 竹子象徵（　　　　）。

二、進階練習：

　　1. 黑夜給了我黑色的眼睛，我卻用它尋找光明。

　　　→「黑夜」象徵（　　），「黑色的眼睛」象徵（　　）。

　　2. 在人生的旅途上，經歷不少荒山的凶險、陋巷的幽暗，但不論是何時，只要我發現一線希望，必定勇往邁進，不怕艱苦，達到成功的彼岸。

　　　→「荒山」、「陋巷」象徵（　　），「彼岸」象徵（　　）。

練習寫寫看

請以「登山」為題，為以下的象徵物尋找象徵意義，並組合成一篇作文。

一、**開頭**：先描述登山的地點、位置、空間或地理環境，然後再形容風景、敘述事件，能讓讀者有身歷其境之感。

　　1. 白雲象徵（　　　）。

　　2. 山頂象徵（　　　）。

　　3. 雲海象徵（　　　）。

　　4. 折斷的樹枝象徵（　　　）。

　　5. 溪流中的鵝卵石象徵（　　　）。

　　6. 層層的山峰象徵（　　　）。

二、**段落**：用聯想透過和主題「登山」有關的人、事、時、地、物，展開豐富的想像，比如透過登山的艱辛觸發感想、看見沿途的事物引動情感，進而聯想到人生哲理。

　　1. 登山的艱辛觸發什麼感想→

　　2. 看見沿途的事物引動什麼情感→

　　3. 聯想到什麼人生哲理→

三、**結尾**：請寫出你想引用的成語、格言或詩詞，或古今中外的史實、實例，來強調自己的登山後的感想。

實作練習

日期：＿＿＿＿＿＿＿＿＿＿

系級：＿＿＿＿＿＿＿ 學號：＿＿＿＿＿＿＿ 姓名：＿＿＿＿＿＿＿

作文題目：登山

說明：登山是強身健體的體育活動，是意志的鍛鍊，也是毅力的展現。
而山的壯麗，登山所付出的體力與勞力，往往使人體會到某種人
生道理。從登山活動中，你體會到什麼呢？請將你的登山經驗和
體會書寫下來，字數約300字。

第十四課

垂釣睡眠
鍾怡雯

寫作背景

　　鍾怡雯，1969年出生於馬來西亞，國立台灣師範大學國文系博士，曾任《國文天地》雜誌主編，現任元智大學中國語文學系教授。兼有文學創作及文學評論之長，作品經常取材於日常之中，風格真誠熱切，描繪具象逼真，善於從細微處發見婆娑世界。曾獲《中國時報》散文首獎、《聯合報》散文首獎、吳魯芹散文獎、梁實秋文學獎、《中央日報》散文獎、《星洲日報》散文獎首獎、新加坡金獅獎散文首獎等。著有散文集《河宴》、《垂釣睡眠》、《聽說》、《我和我豢養的宇宙》、《飄浮書房》、《野半島》、《陽光如此明媚》、《鍾怡雯精選集》、《麻雀樹》，繪本《枕在你肚腹的時光》、《路燈老了》，論述集《莫言小說：歷史的重構》、《亞洲華文散文的中國圖象：1949－1999》、《馬華文學史與浪漫傳統》、經典的誤讀與定位：華文文學專題研究》，主編《馬華當代散文選》、《馬華文學讀本Ⅰ、Ⅱ》等。

本文曾獲第二十屆《中國時報》文學獎散文首獎，九歌九十八年度散文獎，後收入同名散文集《垂釣睡眠》。作者以「失眠」為題，描寫無來由的連續七天夜不成眠。夜裡，半睡半醒之間，夢境總像淺薄的漣漪風過水無痕。知道身邊許多師友，也都曾有失眠的困擾後，開始懊惱不知道睡眠愛吃什麼，否則大可像釣魚一樣將它釣起。意識模糊的過了六天後，差點忍不住誘惑吞下安撫失眠的夢幻之丸；最終，卻怕軟弱的意志從此墜入深淵，於是緊急踩了煞車。就這樣突然一日，睡眠倦鳥知返，四顆藥丸也被深埋土中。在這篇文章，作者可以說是在嘻笑與哀哭中，帶著文學的想像與具象的比擬，寫活了失眠者內心共同的痛。那極度無奈的沮喪，在一層層抽絲剝繭、耐人尋味的描繪中，為我們展現了失眠者的黑暗國度。

原文閱讀

　　一定是誰下的咒語，拐跑了我從未出走的睡眠。鬧鐘的聲音被靜夜顯微數十倍，清清脆脆的鞭撻著我的聽覺。凌晨三點十分了，六點半得起床，我開始著急，精神反而更亢奮，五彩繽紛的意念不停的在腦海走馬燈。我不耐煩的把枕頭又搯又捏。陪伴我快五年的枕頭，以往都很盡責的把我送抵夢鄉，今晚它似乎不太對勁，柔軟度不夠凹陷的弧度異常？它把那個叫睡眠的傢伙藏起來還是趕走了？

　　我耍起性子狠狠的擠壓它。枕頭依舊柔軟而豐滿，任搓任搯，雍容大度地容忍我的魯莽和欺凌。此時無數野遊的睡眠都該已帶著疲憊的身子各就其位，獨有我的不知落腳何

處。它大概迷路了，或者誤入別人的夢土，在那裡生根發芽而不知歸途。靜夜的狗嚎在巷子裡遠遠近近的此起彼落，那聲音隱藏著焦躁不安，夾雜幾許興奮，像遇見貓兒蓬毛挑釁[1]，我突發奇想，它們遇見我那蹺家的壞小孩了吧！

我便這樣迷迷糊糊的半睡半醒，間中偶爾閃現淺薄的夢境，像一湖漣漪被一陣輕風吹開，慢慢的擴散開來。然而風過水無痕，睡意只讓我淺嚐即止，就像舐了一下糖果，還沒嚐出滋味就無端消失。然後，天亮了。鬧鐘催命似地充嚷。

我從此開始與失眠打起交道，一如以往與睡眠為伍。莫名所以的就突然失去了它，好像突然丟掉了重要零件的機器。事先沒有任何預兆，它又不是病，不痛不癢，嚴重了可以吃藥打針；既不是傷口，抹點軟膏耐心等一等，總有新皮長出完好如初的時候。它不知為何而來，從何處降。壓力、病變、環境太亮太吵、雜念太多，在醫學資料上，這些列舉為失眠的諸多可能性都被我否定了。然而不知緣起，就不知如何滅緣。可惜不清楚睡眠愛吃什麼，否則就像釣魚那樣用餌誘它上激，再把它哄回意識的牢籠關起來。失眠讓我錯覺身體的重心改變，頭部加重，而腳下踩的卻是海綿。感覺也變得遲鈍，常常以血肉之軀去頂撞傢俱玻璃，以及一切有形之物。不過兩三天的時間，我的身體變成了小麥町——大大小小的瘀傷深情而脆弱，一碰就呼痛，一如我極度敏

---

1 釁：音ㄒㄧㄣˋ。

感的神經。那些傷痛是出走的睡眠留給我的紀念，同時提醒我它的重要性。它用這種磨人脾性損人體膚的方式給我「顏色」好看，多像情人樂此不疲的傷害。然而情人分手有因，而我則莫名的被遺棄了。

　　每當夜色翻轉進入最黑最濃的核心，燈光逐窗滅去，聲音也愈來愈單純、只剩嬰啼和狗吠的時候，我總能感受到萎縮的精神在夜色中發酵，情緒也逐漸高昂，於是感官便更敏銳起來。遠處細微的貓叫，在聽覺裡放大成高分貝的廝殺；機車的引擎特別容易發動不安的情緒；甚至遷怒風動的窗簾，它驚嚇了剛要蒞臨的膽小睡意。一隻該死的蚊子，發出絲毫沒有美感和品味的鼓翅聲，引爆我積累的敵意，於是乾脆起床追殺它。蚊子被我的掌心夾成了肉餅，榨出無辜的鮮血。我對著那美麗的血色發呆，習慣性的又去瞄一瞄鬧鐘。失眠的人對時間總是特別在意，哎！三點半了！時間行走的聲音讓我反應過度，對分分秒秒無情的流失尤其小心眼。我想閱讀，然而書本也充滿睡意，每一粒文字都是蠕動的睡蟲，開啓我哈欠和淚腺的閘門。難怪我掀開被子，腳跟著地的剎那，恍惚聽見一個似曾相識的聲音在冷笑：「認輸了吧！」原來失眠並不意味著擁有多餘的時間，它要人安靜而專心的陪伴它，一如陪伴專橫的情人。

　　我跋[2]上拖鞋，故意拖出叭噠叭噠的響聲，不是打地板的耳光，而是拍打暗夜的心臟。心有不甘的旋亮桌燈，溫

2　跋：音ㄙㄚˋ。以腳撥取東西。

暖的燈光下兩隻貓兒在桌底下的籃子裡相擁酣眠。多幸福啊！能夠這樣擁抱對方也擁抱睡眠。我不由十分羨慕此刻正安眠的眾生、腳下的貓兒，以及那個一碰枕頭就能接通夢境的「以前的我」。眼皮掛了十斤五花肉般快提不起來了，四天以來它們闔眼的時間不超過十二個小時，工作量確實太重了。黃色的桌燈今春夜分外安靜而溫暖。這樣的夜晚適宜窩在床上，和眾生同在睡海裡載浮載沈。或許粗心的我弄丟了開啟睡門的鑰匙吧！又或者我突然失去了洄泳於深邃睡海的能力；還是我的夢吃干犯眾怒，被逐出夢鄉。總而言之，睡眠成了生活的主題，無時無刻都糾纏著我，因為失去它，日子像塌陷的蛋糕疲弱無力。此刻我是獵犬，而睡眠是兔子，它不知去向，我則四處搜尋它的氣味和蹤跡，於是不免草木皆兵，聲色俱疑。眾人皆睡我獨醒本就是痛苦，更何況睡意都悉數凝聚在前額，它沉重得讓我的脖子無法負荷。當然那睡意極可能是假象，儘管如此，我仍乖乖的躺回床上。模糊中感到鈍重的意識不斷壓在身上，甜美的春夜吻遍我每一寸肌膚，然而我不肯定那是不睡覺，因為心裡明白身心處在昏迷狀態，但同時又聽到隱隱的穿巷風聲遊走，不知是心動還是風動，或是二者皆非，只是被睡眠製造的假象矇騙了。那濃稠的睡意蒸發成絲絲縷縷從身上的孔竅遊離，融入眾多沉睡者煮成的無邊濃湯裡。

就這樣意志模糊的過了六天，每天像拖個重殼的蝸牛在爬行。那天對鏡梳頭時，赫然發現一具近似吸血僵屍的慘白面容，立時恍然大悟，原來別人說我是熊貓只是善意的謊

言。此時剛洗過的頭髮糾結成條，額上垂下的劉海懸一排晶亮的水珠，面目只有「猙獰」二字可形容。頭髮嫌長了，短些是否較易入眠？太長太密或許睡意不易滲透，也不易把過多的睡意排放出去，所以這才失眠的吧！

到第七天，我暗忖[3]這命定的數字或會賜我好眠，連上帝都只工作六天，第七天可憐的腦袋也該休息了。我聽到每一個細胞都在喊睏，便決定用誘餌把兔子引回來。那是四顆粉紅色、每顆直徑不超過零點五公分的夢幻之丸，散發著甜美的睡香，只要吃下一粒，即能享有美妙的好夢。

然而我有些猶豫，原是自然本能的睡眠竟然可以廉價購得。小小的一顆化學藥物變成高明的鎖匠，既然睡眠之鑰可以打造，以後是否連夢境也能夠一併複製，譬如想要回味初戀酸酸甜甜的滋味，就可以買一瓶青蘋果口味的夢幻之水；那瓶紅豔如火的液體可以讓夢飛到非洲大草原看日落；淡黃色的是月光下的約會；藍色的呢？是重回少年那段歲月，嚐嚐早已遺忘的憂鬱少年那種浪漫情懷吧！

我對那幾顆小小的東西注視良久。連自己的睡眠都要仰仗外力，那我還殘存多少自主，這樣活著憑的是什麼？然而我極想念那隻柔順可愛的兔子，多想再度感受夢的花朵開放在黑夜的沃土。睡眠是個舒服的繭，躲進去可以暫時離開黏身的現實，在夢工場修復被現實利刃劃開的傷口。我疲弱的神經再也無法承受時間行走在暗夜的聲音。醒在暗夜如死刑

---

3 暗忖：暗中思量。忖，音ㄘㄨㄣˇ。

犯坐困牢房，尤其月光令人發狂地恐慌。陽光升起時除了一絲涼淡淡的希望，伴隨而來是身心俱累的悲觀，彷彿刑期更近了，而我要努力撐起鈍重的腦袋，去和永無止盡的日子打仗。

我掀開窗簾，從沒看過那麼刺眼的陽光，狠狠刺痛我充血的眼睛，便刷的一聲又把簾子拉上。習慣了蒼白的月光和溫潤微涼的夜露，陽光顯得太直接明亮。黑夜來臨，我站在陽台眺望燈火滅盡的巷子，彷彿一粒洩氣的氣球，精神卻不正常的亢奮起來，如服食過興奮劑，甚至可以感覺到充血的眼球發光，像嗜血的獸。

我想起大二時那位仙風道骨的書法老師。上課第一節照例是講理論，第二節習作。正當同學把濃黑的注意力化作墨汁流淌到紙上，筆尖和宣紙做無聲的討論時，突然聽到老師低沉的聲音說：「唉！我足足失眠兩個星期了。」我訝然擡頭，還擺壞了一筆。老師厚重鏡片後的眼神閃現異光，那是一頭極度渴睡的獸。我正好和他四目相接，立刻深深為那燃燒著強烈睡欲的眼神所懾，那是被睡意醃漬浸透、形神都淪陷的空洞，或許是吸收了太多太多的夜氣，以致充滿陰冷的寒意。然而他上起課來仍是有條有理，風格流變講得井然有序，而我現在終於明白他不時用力敲打自己的腦部、揉太陽穴，一副巴不得戳出個洞來的狠勁，其實是一種極度無奈的沮喪。他是在叩一扇生理本能的門，那道門的鑰匙因為云云眾生各持一把，丟掉了借來別人的也無濟於事，便那麼自責的又敲又戳起來。

然則如今我終於能體會他的無奈了。可怕的是我從自己日趨空洞的眼神，看到當年那瞬間的一瞥復又出現。晝伏夜出的朋友對夜色這妖魅迷戀不已，而願此生永爲夜的奴僕。他們該試一試永續不眠的夜色，一如被綁在高加索山上，日日夜夜被驚鷹啄食內臟的普羅米修斯，承受不斷被撕裂且永無結局的痛苦。然而那是偷火種的代價和懲罰，若是爲不知名的命運所詛咒，這永無止境的折難就成了不甘的怨懟而非救贖，如此，普羅米修斯的怨魂將會永生永世盤桓。

　　失眠就是不知緣由的懲罰。那四顆夢幻之九足以終止它嗎？我聽上癮的人說它是嗎啡，讓人既愛又恨，明知傷身，卻又拒絕不了，因爲無它不成眠。這樣聽來委實令人心寒，就像自家的鑰匙落入賊子手裡，每晚還要他來給自己開門。於是我便一直猶豫，害怕自己軟弱的意志一旦首肯，便墜入深淵永劫不復了。

　　睡眠的欲望化成氣味充斥整個房間，和經過一冬未曬的床墊、棉被濃稠地混合，在久閉的室內滯留不去，形成房間特有的氣息。我以爲是自己因失眠而嗅覺失靈的緣故。一日朋友來訪，我關上房門後問：「你有沒有聞到睡眠的味道？」他露出不可思議、似被驚嚇的眼神，我才意識到自己言重了。

　　就像我沒有想到會失眠一樣，睡眠突然倦鳥知返。事先也沒有任何預示，我迴避鏡子許久了，一如忘了究竟有多少日子是與夜爲伴，以免嚇著自己，也害怕一直叨念這一點

也不稀罕的文明病，終將為人所唾棄。何況失眠不能稱病吧！如此身旁的人會厭惡我一如睡眠突然離去。而朋友一旦離開就像逝去的時間永不回頭，他們不是身體的一部分，亦非血濃於水的親密關系，更不會像丟失的狗兒會認路回家。

那天清晨，自深沉香醇的夢海泅回現實，急忙把那四顆粉紅色的夢幻之丸埋入曇花的泥土裡。也許，它們會變成香噴噴的釣餌，有朝一日再度誘回迷路的睡眠；也可能長出嫩芽，抽葉綻放黑色的夜之花，像曇花一樣，以它短暫的美麗溫暖暗夜的心臟。

品味鑑賞

作為台灣知名的馬華文學作家，鍾怡雯在學生時期即展現了她出眾的才華。1997年，還在師大就讀博士班的她，同時奪下台灣文壇難度甚高的《中國時報》與《聯合報》文學獎散文首獎，更獲得梁實秋散文獎與馬來西亞《星洲日報》文學獎散文推薦獎。她的散文書寫大多由馬來西亞的故鄉出發，以豐沛的想像刻畫南洋小鎮的生活圖景，繼而延伸至旅台之後，所面臨的天候、地理、景觀與文化上的差異。其作品多不從個人的小情小愛出發，而是專注於從細微處觀照歷史、文化與人文情感，透過詩化語言的靈動，具象、深刻地鋪展生命的共相。

文壇前輩余光中曾經指出：「鍾怡雯的一系列作品是由個人的感性切入，幾番轉折之後，終於抵達抽象的知性、共相的本質。

這種筆路由實入虛，從經驗中煉出哲學，張曉風是先驅，簡媜是前衛，而其後勁正由鍾怡雯來發功。」如此來看，虛實交映、經驗設境、以小觀大，正是鍾怡雯散文的重要特色。

根據作者的表述，〈垂釣睡眠〉一文的寫成，與自己長期受失眠所苦有關。有了親身體驗，文章寫來就更加扣人心弦。文章以「一定是誰下的咒語，拐跑了我從未出走的睡眠」開始，點出睡眠在某一天「出走了」，「枕頭」馬上成為首要戰犯。可是任憑「我」怎樣捶打枕頭，睡意仍舊像舔了一下糖果，連滋味都還沒出現就宣告消失。可惱的是，「失眠」不像是一種病，也不是傷口，當諸如壓力、環境等等因素一一排除後，竟拿它莫可奈何。

夜不能眠後，後遺症開始一一出現，比方頭重腳輕、經常走路撞倒，夜裡呆望時間行走，只能對著「美麗的血色發呆」，「每天像拖個重殼的蝸牛在爬行」，因而不禁質問起自己，是如何丟棄了夢的鑰匙。在描寫失眠之苦時，作者大量運用了精到的譬喻，睡眠的假象被形容成「無邊濃湯」，不能成眠的日子「像塌陷的蛋糕疲弱無力」。詩意的語言引領著失眠者的痛苦，在一層層的具象鋪展下，逐漸完整且令人悲痛起來。

文章後半段，失眠的劇情進入了第七天，「我」期盼著幸運數字能讓上帝給點好運。無助之下，四顆粉紅色「夢幻之丸」出現。這些小小的化學藥物，似乎一下就能變身成高明的鎖匠，開啟夢境的大門。可是「我」卻也不免想起，如果連睡眠的本能都需要仰賴外物，那麼身之為人的主體意識又何在？同時，也想到大二的書法老師，一樣曾經深陷於失眠之中，極度無奈的苦痛，彷彿神話中普羅米修斯接受永無止盡的懲罰。拉扯之中，終究婉拒了神奇小藥丸，睡眠卻是在不經意之間重新回歸。

文章的最後，「我」將藥丸埋入曇花的泥土裡，暗示著對失眠者來說，這些藥丸也正如曇花一樣，短暫溫暖了暗夜之心。本文名為「垂釣」，卻儼然是無餌之釣。因為作者不疾不徐地刻畫失眠的情狀，將其形塑成專橫的情人，讓失眠、夜與生命，展開綿密的對話與拉鋸。若非是上天垂憐，否則這樣的垂釣法恐怕終不能奏效，失眠恐怕也真會成為嗜血的獸，常駐在每個虛無的夜裡。

 延伸小知識：曇花

> 曇花（學名：Epiphyllum）是仙人掌科植物，有十九個物種，原生於中美洲，為肉質植物，莖呈扁柱形。花朵體型大，盛開時有如碗口般大，生於葉狀枝的邊緣，花重瓣、純白色，花瓣披針形，於夜間開放，直到次日早晨即凋謝。一般需要人工授粉才能結種，播種後大約二到三周才發芽，實生苗則需四到五年才開花。
>
> 開花時間長約四至五個小時，當花漸漸展開後，過一至二小時又慢慢地枯萎了，整個過程只有四個小時左右，因此用「曇花一現」來形容時間很短、稍縱即逝的機遇。常見華南地區的白色花形，開放時芳香四溢，沁人心脾。因為開花的時間很短暫，而且在晚上才開花，所以人們認為能看到曇花綻放是一種奇蹟。由於在晚上開花，又有濃郁的花香，所以又叫「月下美人」。

創意閱讀

文章的構思，需要運用聯想和想像來「墊高思考」，內容才有深度和高度。如果只是一篇結構組織、遣詞造句都符合要求的文章，還

是不夠，只有那些充滿創意、具有獨特風格的文章，才是脫穎而出的關鍵，〈垂釣睡眠〉就是經典的例子。

　　文中由睡眠、失眠、夢境出發，做了各式各樣的比喻和聯想。有些看來毫不相關的事物，被作者巧妙的用來比喻失眠，比如「不清楚睡眠愛吃什麼，否則就像釣魚那樣用餌誘它上鉤」，睡眠與釣魚的連結，形成有創意的譬喻。又如，「失去它（睡眠），日子像塌陷的蛋糕疲弱無力」，將睡眠與蛋糕連結，更是令人驚奇的聯想。

　　在閱讀的過程中，我們不妨跟著作者的想像，也開啟自己的想像力，像尋寶或是追蹤線索的偵探一般，找出文章中最有創意的比喻。在驚嘆作者創意的同時，也讓聯想充滿我們的生活，成為創造力的來源。

引導寫作

　　本文〈垂釣睡眠〉運用了不少譬喻，使得睡眠的主題和作者失眠的景況，變得生動而且充滿趣味。譬喻又稱為比喻、打比方，是在表達時，用具體的事物形容其他抽象的事物，使事物變得清晰，複雜的道理也變得簡單，能夠表現生動的形象，讀來耐人尋味。這種寫法需要大量的想像力，有創意，才能造得巧妙，使文章具有藝術的美感。

　　譬喻是由「喻體＋喻詞＋喻依」所組成。喻體是主角，是作者要說明的事物；喻依是配角，是說明喻體的另一事物；喻詞則是連接喻體和喻依的「輔助詞」，最後再加上進一步的說明。例如：書本（喻體）像（喻詞）降落傘（喻依），打開來才能發生作用（說明）。在文章中善用譬喻，將使文章的意象更為豐富，充滿趣味。

? 問題與討論

日期：＿＿＿＿＿＿＿＿＿

系級：＿＿＿＿＿＿　學號：＿＿＿＿＿＿　姓名：＿＿＿＿＿＿

題目：

1. 作者鍾怡雯為何不願意服用「夢幻之丸」，解決失眠問題？

2. 〈垂釣睡眠〉中，運用了幾種修辭技巧？試列舉出來。

3. 文中作者「失眠」的程度與脈絡如何？請依情節由輕至重舉例說
　　明。

練習想想看

　　由「睡眠」、「失眠」等主題出發，進行趣味的聯想，看看與其他詞語聯結之後，能創造什麼新奇的句子。

範例：睡眠 +（舒服的繭）　→　睡眠像個舒服的繭，躲進去可以暫時離開黏身的現實，在夢工廠修復被現實利刃劃開的傷口。

1. 睡眠 + ＿＿＿＿＿＿ →

＿＿＿＿＿＿＿＿＿＿＿＿＿＿＿＿＿＿＿＿＿＿＿＿＿＿＿＿＿

2. 失眠 + ＿＿＿＿＿＿ →

＿＿＿＿＿＿＿＿＿＿＿＿＿＿＿＿＿＿＿＿＿＿＿＿＿＿＿＿＿

3. 獨眠 + ＿＿＿＿＿＿ →

＿＿＿＿＿＿＿＿＿＿＿＿＿＿＿＿＿＿＿＿＿＿＿＿＿＿＿＿＿

4. 夢境 + ＿＿＿＿＿＿ →

＿＿＿＿＿＿＿＿＿＿＿＿＿＿＿＿＿＿＿＿＿＿＿＿＿＿＿＿＿

5. 嗜睡 + ＿＿＿＿＿＿ →

＿＿＿＿＿＿＿＿＿＿＿＿＿＿＿＿＿＿＿＿＿＿＿＿＿＿＿＿＿

請沿虛線剪下

練習寫寫看

　　請依照以下三個題目接續寫作,將題目的譬喻句繼續引申出有意義的想法。

1. **明喻**:結構是(喻體+像+喻依),表現喻體和喻依的相似點。常用的喻詞有:像、好像、就像、如、有如、就如、似、恰似、好似、若、般、彷彿、好比、猶、猶如等。

　　友情(喻體)就像(喻詞)一罈醇酒(喻依),_____

　　_____

2. **隱喻**:結構是(喻體+是+喻依),表現喻體和喻依的融合度,又稱「暗喻」。喻詞是以繫辭:是、就是、等於、為、成為、變成等字,代替明喻的「像」。

　　青春(喻體)是(繫詞)一張破蝕的葉(喻依),_____

　　_____

3. **借喻**:喻依取代了喻體,並省掉喻詞,全句只剩下喻依,是譬喻最精簡的用法。借喻的句子精練含蓄,特別耐人尋味。如:「空有灑了滿天的珍珠,和又圓又亮的玉盤」,珍珠和玉盤代替星星和月亮。

　　一柄銀亮的彎刀(喻依)掛在墨黑的夜空上,_____

　　_____

實作練習

日期：＿＿＿＿＿＿＿＿＿

系級：＿＿＿＿＿＿＿　學號：＿＿＿＿＿＿＿　姓名：＿＿＿＿＿＿＿

作文題目：致青春的友誼

說明：青春，是我們唯一擁有權利去編織夢想的時光；友誼，則是人生中最珍貴的寶藏。在青春的歲月裡，有那麼一段值得記錄的友誼，在我們的記憶裡永恆不滅。請描述這段友誼的緣起，與過程中發生的令人印象深刻的事件，字數約300字。

我在台東當嬉皮

王家祥

 寫作背景

　　王家祥，1966年出生於高雄，國立中興大學森林系肄業，曾任《台灣時報》副刊主編、高雄柴山自然公園促進會會長，業餘從事鄉野生態保育工作，目前定居於台東都蘭山下，專事寫作、繪畫並經營民宿。創作文類以散文及小說為主，兼及兒童文學，曾獲賴和文學獎、《中國時報》文學獎、《聯合報》文學獎、吳濁流文學獎、五四文藝獎等。著有散文集《文明荒野》、《自然禱告者》、《四季的聲音》、《遇見一棵呼喚你的樹》、《我住在哈瑪星的漁人碼頭》、《徒步》，小說集《打領帶的貓》、《關於拉馬達仙仙與拉荷阿雷》、《小矮人之謎》、《山與海》、《倒風內海》、《海中鬼影-鱟人》、《魔神仔》、《小矮人之謎》、《金福樓夜話》，繪本作品《窗口邊的小雨燕》等。

　　〈我在台東當嬉皮〉一文，原發表於2006年3月的《新活水》雜誌。熱愛山與海的王家祥，在台灣四處旅居後，最終選擇定居於台

東都蘭山下。台東一向被稱為台灣最後的淨土，都蘭山則更是阿美族與卑南族眼中的聖山。在這裡居住了一年後，王家祥寫下這篇具警醒意義的文章，試圖告訴讀者：都蘭山下的生活為何令人嚮往？探尋偏僻的角落，為何可以是生活中簡單的樂趣？自己何以選擇成為一個外人看似遊手好閒，偶爾靠打零工維生的嬉皮？我們可以說，王家祥這種生活型態的選擇，是警醒的、是覺知的，也是撇開世俗名利的追求後，讓生命野放的自由狀態。每日生活中的遊蕩既是一種修行，也是看見土地、體驗豐茂生命形象透射內心的一種方式。

原文閱讀

聖山

東海岸海岸山脈都蘭山是一座聖山。

都蘭山從前以盛產藍寶石聞名，寶石原本是用撿的，在颱風大雨過後會隨著大水從很深的上游山谷沖刷至下游，傳說都蘭山也富藏金礦，因為撿寶石的人常在山溪裡發現砂金，後來貪心的人不甘耐心在溪床裡等待上天賜與的禮物，有一段時期遂募集資金入山採礦，來採礦的都是外地陌生人，當地的阿美族不敢冒犯聖山，普遍認為炸山採礦的人下場都不好，最常聽見的說法是賠得很慘，還有死於非命的，現今早就沒人入山採礦。

最典型的真實故事是，外地來的某個老闆在接近都蘭遺址古部落附近買農地蓋房子，因為不懂得埋在地下的許多灰黑色巨石，其實是四千年前被人類學家稱做巨石文化的古部

落用來祭祀的圖騰或鑿作石棺作為埋藏死亡親人之用，不夠尊敬，為了蓋農舍而雇怪手將巨石移除，結果老闆往往死於非命，不是駕車掉入山谷摔死，就是突然暴斃。

我養的狗群，其中有3隻，曾相繼在不同時間，因為傍晚會與我一起習慣性的健行，每次散步通過都蘭遺址，便發生全身顫抖、四肢無力、口吐白沫、大量嘔吐的現象，模樣看起來快沒救了！可是獸醫也找不出原因，不像中暑或誤食毒物，然而躺了兩天就逐漸恢復健康了！我百思不得其解；後來有經驗的鄰居告訴我，是冒犯了曠野中的祖靈，被作弄了！他還說前陣子才發生一群國中生一起結伴到都蘭山中玩耍，集體中邪回來，費了好大功夫呢！

我所住的地方，離山上最近的都蘭遺址只有1.5公里遠，那是一處由政府定期整理割草，立牌解說，躺著一具出土石棺的地區，四周都是樹林；從此之後、我健行經過石棺區，都記得要雙手合十，鞠躬說聲打擾了！內心祈求祂的諒解，我的狗狗們再也沒有被作弄了！

東海岸都蘭村的阿美族與台東市及卑南鄉的卑南族都視都蘭山為聖山，只是抬頭眺望的方向與角度完全不一樣，不同族群不同地域在心中的圖像想必不一樣。

搬到台東東河鄉的都蘭村一年了！時常有機會早上剛在阿美族站立的角度，下午便換到卑南族置身的方向眺望都蘭山，因為我是個愛移動、四處遊蕩的人，逐漸能夠體會這塊土地上繁複異同的文化；看見聖山，在不同的時間，不同的天氣，雨天、晴天、冬天、夏天、清晨、黃昏、各種的

美；有一天我開車走縣道197從卑南大溪靠山麓的富源村進入，經利吉村惡地型，翻越海岸山脈最南尾端的陵線，到達另一邊縱谷的鹿野鄉，這裡的半山腰換做是布農族的傳統領域，很讚歎奇異的感覺，才爬升過幾處小山稜，不到一小時，一下山，村落裡的矮牆與門戶上的鮮明標幟，又是另一種文化，另一種圖騰，還有人種也不一樣，阿美族人的樣子很容易認出來，他們是古代傳說中身材高大的巨人族或者說長手長腳、善跑逐鹿的民族，連臉都長得長長的，眼神溫和，生性和善，因為海岸地帶漁獵容易，食物充足，所以生存競爭不像高山上的布農族那般嚴苛，布農族疑似曾經與矮黑人混血過，身高通常較矮，膚色黑，小腿粗壯，眼神銳利，擅於負重，吃苦耐勞。

一路上都蘭山脈的幾座山峰都未離開我的視線，只是觀看的角度變了！可是山麓下鹿野鄉的布農族村落卻有個地名叫鸞山。

古時候可不能像這樣自由往來！

出台東市往北方海岸的方向過中華大橋，沿著一邊青翠，一邊蔚藍的台11線海岸公路到都蘭村約20公里，公路繞著都蘭灣這個美麗的超級大海灣而行，靠山青翠，靠海蔚藍，一路還有椰林沙灘，礁石險崖相伴，車行極度地心情愉悅呀！遠望都蘭聖山挺立的姿態，也由台東市區卑南族的角度逐漸轉換成海岸阿美族的角度，我覺得，在中華大橋上遠望都蘭山脈，都蘭山像一尊臥佛靜靜地躺在都蘭灣旁。據說證嚴法師年輕時曾住在鹿野鄉修行，看見從縱谷方向遠

望、被漢人稱做「美人山」的都蘭山，覺得此山靈秀，遂把祂名為「佛面山」，每日朝拜。

我喜歡騎著摩托車到很小的台東市區補充一些日常用品，買點可口的麵包，順道吃一碗便宜的麵線糊或綠豆蒜，到文化局的閱覽室看免費的報紙與雜誌，天黑之前我一定會踏上歸途，因為我喜歡這條白天的海岸之路，黃昏的光線消失之後，海灣隱入礁石後的黑暗之中，山巒也退入椰林之後便看不見了！我渴望看見這條蔚藍與青綠之路，渴望在公路上馳騁，讓一邊是山一邊是海的景象，不斷快速地在我眼前劃過，公路是有坡度的，一會兒爬升，一會兒轉彎，一會兒下降，都蘭灣變化多端的各種海岸地型一覽無遺，一會兒出現大片的月彎沙岸，一會兒盤據奇形怪狀的礁岩，一會兒海蝕高崖，一會兒卵石灘地，一會兒海邊的白色浪花不時從高大的椰林間閃現，我貪婪地不想錯過任何美景，摩托車的機動靈活讓我隨時可以發現公路旁的小路彎進去，探尋偏僻的角落，這是我生活中的簡單樂趣。

偏僻的角落　嬉皮的生活

偏僻的角落往往寧靜無人干擾，適合自己專心做自己的事。偏僻的角落也許會遇見我的童年，因為偏僻的角落往往人煙稀少，無利可圖，少有破壞與更動；我在偶遇的小路轉進去，時常會遇見與我童年時一樣的家屋，小小的平房，在一處巷子底的果園深處，果園裡植有大片的香蕉與楊桃，木瓜與龍眼，家屋內空間雖然不大，可是外頭卻有前庭後

院，經常在院子裡遇見來偷吃雞蛋的蛇，院子裡很熱鬧，養了狗、貓、雞、還有鴨、甚至鴿舍，院子旁種的是紅色或黃色，經常盛開的扶桑花當圍籬。

　　我在少有更動，人口不多的台東鄉間經常大量遇見這種一整排種植灌木扶桑花做爲美麗籬笆的景象，這是我童年非常熟悉的景象，我貪戀地好奇地探望著庭院深處，內心滿溢幸福的感覺，覺得好幸福好幸福而不忍離去，因爲我的故鄉變動太劇烈，我找不到兒時熟悉的景物，很難遇見這種林深草茂秘密花園般的童年回憶。

　　偏僻的角落往往也無人聞問，沒有大城市中的百業就職機會，謀生不易，除非是靠土地種作的農夫或靠海捕撈賺食的漁夫，我都不是，四十歲了！要轉行靠天吃飯哪容易？聽說東海岸沿線現今掌控政治權力的都是出身自刻苦的農家；漁夫們沒有錢，在政治實力上遠不如農夫；農家因爲勤儉致富，有土斯有財，土地是穩定牢靠的，有財力便投入政治選舉，掌控更多的權勢，創造更有利自己的條件；還有些從前生活艱困的農家，因爲苦守的土地飆漲成了田僑仔，而許多漁夫們在從前漁獲量高，賺錢容易時染上賭搏的惡習，出海去是拿生命跟大海賭，大海是不確定的，風險又高，下網便像簽賭下注，如果賭贏了一上岸又拿錢去賭，錢來得快去得也快，那時代只要漁船出海必定滿載回港換大把現鈔，漁撈行爲不再是個體戶的自給自足，最後演變成大型圍網的趕盡殺絕，因爲金錢的誘惑，有誰不過漁呢？譬如台灣的海岸線平均三至五公里就有一座漁港，像東河鄉內就有

新蘭與金樽兩處漁港，附近的人口原本便不多，所以漁港利用率很低，荒涼的程度簡直形同廢墟，如今漁業資源枯竭，漁民捉不到魚，收入銳減，台灣漁業過度捕撈的歷史等於是一部敗家史，敗掉大海賜給的家財；而我，既無能力也無興趣，把一生耗盡在追求財富與權勢，我不想變成那種貪心採礦的老闆，不想陷入資本主義的誘惑，錢來得容易也去得快，大起大落的大有人在，把自己的靈魂搞得很糟，我越來越想與主流社會的價值取向保持警醒距離，雖然自知無法逃離，也許在邊緣遊走，我變成一個遊手好閒，偶爾打零工維生的嬉皮，可是日子過得很快樂。

我的遊手好閒是警醒的，是覺知的，每日生活中大量的遊蕩變成很重要的功課，必修的功課。

遊蕩在曠野

我的前世也許是一隻遊蕩在曠野的孤魂野鬼。

我愛死了這種遊蕩！

遊蕩可以讓人放鬆，可以讓人專注，進入一種空的冥想狀態。

我猜想、人死後的靈魂狀態，如同喇嘛索甲仁波且所寫的「西藏生死書」提到的「中陰身[1]」，就是一種飄遊的狀態吧？

---

[1] 中陰身：又叫中蘊、中有，類似但不同於西方所謂靈魂，或中國所說的魂魄，一般以為是人類來世生命力的來源。

台11線公路大約141公里處，有一條很不起眼的小徑通往海邊的防風林，防風林旁有一窟深凹的湧泉池，池中經常棲息著大型的蒼鷺與肥壯的綠頭鴨，姿態優雅的蒼鷺體型與我們常在國畫中見到的仙鶴幾乎是一樣的，我常在黃昏時的海邊天空遇見各種鷺科鳥類編隊飛行緩緩要飛回家了！從小白鷺群或黃頭鷺群中辨認出數量不多的蒼鷺並不困難，因為蒼鷺的拍翅更加徐緩，像個大個子，我深切相信，一處有一群優雅蒼鷺棲息的土地，絕對是福地，因為蒼鷺是稀有的仙鳥；所謂的湧泉池在台東的海岸地帶很常見，台東的山陡離海又近，從山上的森林一點一滴匯集成的流水，沒有足夠的腹地以致來不及形成蜿蜒迴流的，便滲入地下成為伏流，然後在平緩低窪的海岸地帶湧出，成為湧泉湖，這種湧泉湖找不到上游，水質清澈見底，終年恆溫，可謂冬暖夏涼；台東市有一座位在海邊的市立湧泉游泳池，從日據時代依著湧泉地型興建，至今泉水終年不歇，池中還有野生的魚兒與泳客共游，遇著颱風天或豪大雨，水位還會溢出泳池；再往防風林的深處走，便走到了海邊的曠野，海邊的高灘地上有一大片翠綠的青草地，那些青草是適應了海邊時常吹拂的強風，以匍匐的姿態貼地生存的種類。

　　時常在此地空中遊曳的小型鷹鷲科紅隼，體型不過一隻鴿子大小，則是此種草地上的傳統獵食者，尋常的光景，牠們獵捕的對象大多是草叢中的鼠類；光是見到這些天賜的景像便覺得心懷神怡，令人留連忘返，還有巨大的大冠鷲很是反常地出現在公路偏向海的一方，無聲無息地低空掠過我

的頭頂，次數非常頻繁，後來我才明白，因為台11線偏向海的一方，除了老早有人使用的私有地或承租地可以繼續使用外，大部份的土地皆劃爲國有林地，有林務局管轄巡邏與造林，不得隨意開發，所以生態維持得相當好，蛇類很多，才吸引吃蛇的大冠鷲從盤旋的山區下來，不時翻飛在汽車奔馳的公路上。

像這樣通往海邊梯田的農路或鑽入偏僻曠野的小徑非常的多，一條不起眼甚至濃密幽深得有點駭人又引人好奇的小徑，或者帶你發現四周皆是荒廢而被雜草重新佔領的農田，或者引領你在防風林裏遇見一條清澈的小溪，一有空我便騎著摩托車梭巡在包圍著阿都蘭以及隔鄰東河鄉的阿美族老部落八里和佳里的曠野與田園，四處探尋適合徒步與冥想的深幽小徑。

這是我私人的神聖體驗，徒步的時候，選擇一處絕佳的環境不被干擾，能夠進入一種很舒服的冥想狀態。

所以我千里迢迢四處找尋我的道場，不是寺廟，不是教堂，不是聖殿，只要是一條清涼小徑。

遊蕩的時候無事一身輕，我會在紅隼活躍的青草地上停好摩托車，走下海岸的卵石灘地，繼續我的海濱健行。

海邊的卵石灘地隱隱存在著陪襯冥想的音樂，躲在我的腳下，卵石隙縫間得靜心聆聽，有時那隙縫間紛紛被潮水滲入的聲音，會由腳傳遍我的全身，引起一陣酥麻，潮水一湧上岸與緩緩退去的聲音是不同的，如此潮來潮往，百聽不厭。

在台東都蘭住了快一年，更加確定我所住的環境，我的村子是被一層層森林與曠野，灌叢草木與田園果樹所重重包裹的；從前我住在高雄壽山下的西子灣，那兒靠山，還有一些森林，只不過是綿沿不斷的龐大城市，包括城市中的噪音與污染，擁擠的交通與人口，包圍著海岸線碩果僅存的一座山丘，山上還有好多建築好多住宅好多條路，森林便在夾縫中生存；我在城市中打拼累了，還好還有一片清涼的森林可以逃入，可以暫時藏身喘息，一處無人的空間可以避靜。如今我的生活是被一大片無盡的綠野所包覆，一走出去便是人煙稀少的大地；生活在人口流失的村子裏，左鄰右舍已經不多，一整日在曠野遊蕩，根本講不到半句話。

我的前世也許是一隻遊蕩在曠野的孤魂野鬼，我愛死了這種遊蕩！

 品味鑑賞

相較於其他在一九八○年代崛起的自然書寫作家，多半是在進入社會後，才因深刻體會現實的劇變，萌生強烈的生態意識。但王家祥早年對環境書籍的接觸，以及森林系畢業的背景，使他早在大學時代，便以大肚溪口為背景的自然書寫，獲得文學獎大獎。此後，他便以實踐者的角色，透過個人實地、專業的觀察、寫作，乃至於推行環保運動，為生存的土地賦予深層意義，並對「文明／荒野」間的對立情狀，進行不同角度的思考。

對王家祥而言，現代人是一群迷失於財貨、權力和慾望的文明

病患者，而要對治這種文明病最好的方式，便是修習自然的哲學，成爲一名自然的觀察者與實踐者。在這樣的信念下，荒野成爲靈性的試煉場，走入荒野，則是人們認識自我與錘鍊心靈的重要旅程。〈我在台東當嬉皮〉一文，正是此信念的最好實踐。都蘭山作爲一座原住民心中的聖山，本身就是一個相當好的修練所在。然而平地人眼中的「寶藏」，卻只是被挖盡的金礦和寶石。對王家祥而言，都蘭遺址的神聖性，不僅在於留下許多珍貴的文物，也在於保留了文化的豐富性。

居住於此，每日的移動與遊蕩，讓王家祥更加能夠體會到土地上繁複異同的文化，以及看見這座聖山不同角度的美。事實上，都蘭山旁的海岸之路，正是台灣最美的台11線藍色公路。在作者的筆下，山、海的景象每日在這裡交織成一幅幅美麗的畫作；而在僻靜的小路，則還可以撞見童年曾見過的小屋，雞犬相聞，有如陶淵明筆下的桃花源。我們可以說，這種復歸原始、不忮不求[2]的生活，正是王家祥所嚮往，也是他樂於與我們分享的。

文中，王家祥也不免批判，台灣海岸線眾多荒廢的漁港，正標誌著台灣漁業的敗家史。人類窮盡一切的貪婪，最終就是將大自然所給予的資源全部耗盡。因此，他選擇成爲一個游離於城市、荒野間的修行者，四處探尋適合徒步與冥想的深幽小徑。他對城市文明有某種程度的妥協，但又從自然、邊緣的地帶出發，喚醒人們對「城市荒野」的重視。因爲在他的眼中，荒野不是與文明截然對立的他者，而是可以共生、共容的，並且滋養著現代人的心靈場域。

---

2 不忮不求：本義指不嫉妒他人，不貪求非分名利；後形容淡泊名利，不做非分事情的處世態度。忮，音ㄓˋ，嫉恨。

延伸小知識：嬉皮與新嬉皮

嬉皮（hippie, hippy），原本用來形容西方國家在1960—1970年代反抗習俗和政治的年輕人，這名稱透過《舊金山紀事》的記者赫柏·凱恩而普及。嬉皮不是統一的文化運動，沒有宣言或領導人物，他們用團體和流浪的生活方式，表達反對民族主義和越南戰爭的立場，提倡非傳統宗教，批評中產階級的價值觀。

新嬉皮則是對21世紀嬉皮的稱呼，他們崇尚一些1960年代嬉皮運動的觀點，比如強調自由，穿他們願意穿的衣服，做想要做的事。與1960年代的嬉皮不同，新嬉皮並不政治性，但是1960年代的嬉皮實際上是政治運動。

嬉皮的特徵是蓄長髮，留大鬍子，穿著色彩鮮艷的服裝或不尋常的衣飾。他們聽類似風格的音樂，比如吉米·罕醉克斯和傑菲遜飛艇的迷幻搖滾、詹妮斯·喬普林的藍調等的音樂。他們也演奏音樂，通常是彈奏吉他。嚮往自由戀愛，過著公社式的團體生活。本文中的「嬉皮」則象徵自由、隨性的生活方式。

創意閱讀

我們該如何欣賞一篇像〈我在台東當嬉皮〉這樣，以「自然書寫」為主題的散文？這類散文主要描寫大自然的各種景物，包括山川江河、日月星辰等靜態的景物，以及四季流轉、物換星移和萬物生長等動態的變化。而這些寫景的部份，往往寄託了作者對生命的體悟和對自然環境的感慨，從而提煉某種哲理出來。

對於這類散文，我們首先要欣賞的就是寫景的部份。由於事情

的發生和人物活動，都是在特定的「空間」才能進行，所以不管是哪一類的文章，都會加入「景」來作為陪襯，這樣就可以達到營造氣氛、烘托人物、反映意義的作用。比如說，寫人物悲傷就用烏雲蔽日，寫闔家出遊就用花海或草原。

透過欣賞景物描寫，可以體會文章所蘊含的思想感情，讓我們猶如身歷其境。但如果文章僅止於描繪景物，就會形同拍照，只是將景物依樣畫葫蘆的拍攝，卻缺少動人的力量，所以我們必須運用各種感官去想像、觀察景物的特點，才能賦予景物「靈魂」。

引導寫作

當我們看見美麗的風景，自然對景物之美產生感動，將觀察到的地理及季節變化，加上對生活的感觸，用文字寫下，讓人感受你內心的感情，就是借景抒情的文章，〈我在台東當嬉皮〉就是「借景記敘兼抒情」的一例。

通常景物的描寫，可取材自靜態的風景和動態的生物。描寫大自然的主題，是作文最常出現的，大自然的每個變化都能引發我們不同的情懷；而生活其中的生物，也能引起我們聯想，像喜鵲的報喜、杜鵑的哀鳴，都能帶來不同的情緒。

取材上，需要累積生活經驗，平日對春夏秋冬的景色，季節交替的變化，山川江河、日月星辰的特色，都要仔細觀察，欣賞景色萬物之美，寫作才有靈感。可以運用擬人法，將無生命的景描繪得脈脈含情，讓星星對你眨眼，萬物與你對話。書寫時拋去惠施「子非魚，焉知魚之樂」的理性，而像莊子一樣感性，將萬物當作皆是有情。

? 問題與討論

日期：＿＿＿＿＿＿＿＿＿＿＿

系級：＿＿＿＿＿＿＿　學號：＿＿＿＿＿＿＿　姓名：＿＿＿＿＿＿＿

題目：

1. 在你的眼中，台灣的花東與西部最大的不同在哪？

2. 你是否認同王家祥所選擇的嬉皮生活？原因為何？

3. 你認為人們活著應該努力追求的是什麼？

練習想想看

請由下列提示的寫作技巧及題目要求，想一想，怎樣才能寫得好？

1. **主次分明**：文章要在主要段落先描繪文章的「主要景色」，再用
   「次要景色」來襯托，就能讓景物層次分明。請描寫摩天大樓，用
   旁邊較矮的樓來烘托摩天大樓的雄偉。

   _____

   _____

2. **塗抹色彩**：大自然的色彩是豐富的，寫景不能太簡單樸素，可多運
   用比喻與色彩形容詞來形容。請將范仲淹詞〈蘇幕遮〉：「碧雲
   天，黃葉地，秋色連波，波上寒煙翠。」寫成白話的寫景文字。

   _____

   _____

3. **注入感情**：寫景也能「托物言志」，在文章藉著景物寄託作者的感
   情，寫出內在的感受，使情景交融。請將劉長卿〈送靈澈上人〉：
   「蒼蒼竹林寺，杳杳鐘聲晚。荷笠帶夕陽，青山獨歸遠。」寫成白
   話文，道出靈澈上人瀟灑出塵的高致，和作者的惜別之情。

   _____

   _____

練習寫寫看

請依照以下的題目說明提示的技巧，自行挑選某個景色加以描寫。

1. **景景相連**：如果景色的焦點轉換，就按照<u>空間次序</u>下筆。首先，分出景物的主、次，依文章的需要，加以選擇安排，主要景物細細刻畫，次要景物概括描寫。

_____

_____

2. **動靜交織**：不僅要有靜態的背景，還要用動態表現生命的靈動，使景物具有動感。可以把時間拉長看其中的變化，也可以<u>添加聲音、動作或動物</u>，讓景物動起來。

_____

_____

3. **情景交融**：單純寫景，景物會缺乏生命；如果景中有「情」，就能夠意趣盎然。寓情於景，<u>情景交融</u>，就能賦予景物「靈魂」，展現從宇宙萬物得到的人生哲理。

_____

_____

實作練習

日期：_____

系級：_____　學號：_____　姓名：_____

作文題目：難忘的自然之旅

說明：大自然的景致迷人，每逢假日，往往有許多都市人投身大自然的
　　　懷抱，進行一場自然之旅。你曾經去過什麼地方旅遊？獲得了什
　　　麼收穫？為何令你難忘？請描寫旅行所見的景物及你的想法，字
　　　數約300字。

_____

_____

_____

_____

_____

_____

_____

_____

_____

_____

_____

Note

國家圖書館出版品預行編目資料

現代文學閱讀與寫作──散文篇／王文仁,
高詩佳著. ──初版. ──臺北市：五南,
2015.09
　面；　公分
ISBN 978-957-11-8244-5（平裝）

1.國文科　2.讀本　3.寫作法

836　　　　　　　　　104014941

1XBU 現代文學系列

現代文學閱讀與寫作──散文篇

作　　　者 ─ 王文仁　高詩佳

發 行 人 ─ 楊榮川

總 編 輯 ─ 王翠華

主　　　編 ─ 黃惠娟

責任編輯 ─ 蔡佳伶

封面設計 ─ 黃聖文

版式設計 ─ 蔡欣諺

出 版 者 ─ 五南圖書出版股份有限公司

地　　　址：106台北市大安區和平東路二段339號4樓

電　　　話：(02)2705-5066　　傳　　　真：(02)2706-6100

網　　　址：http://www.wunan.com.tw

電子郵件：wunan@wunan.com.tw

劃撥帳號：01068953

戶　　　名：五南圖書出版股份有限公司

法律顧問　林勝安律師事務所　林勝安律師

出版日期　2015年9月初版一刷

定　　　價　新臺幣320元